河出文庫

鳥の会議

山下澄人

河出書房新社

目次

鳥の会議

鳥の会議

1

　ぼくは駅前のロータリーの真ん中に植えられた木の下にいる。夕方だ。木は大きくもなく小さくもない。見ていると、ときどきその木に小さな鳥が飛び込んだり、飛び出してきたりする。小さな鳥だ。それらが会議なのかただの雑談なのか、ここにぼくがいるよわたしがいるよと訴えているのか、木の中で鳴く。

　ぼくの左目は殴られて腫《は》れている。やられたのはここでじゃない。陸上競技場の裏でやられた。そこから歩いてぼくはここへ来た。ここへ来る途中、すれ違う人のほとんどがぼくを見た。見なかった人もいる。どの人も歩いてくるぼくに気がつくわけじゃない。今も木の下にいるぼくを通る人たちが見る。見ない人もいる。ぼくは家へ帰るのが嫌でここにいる。こんな顔で帰ったらまた母がうるさい。父はたぶん何もいわない。妹は、そういうときの妹の記憶がぼくにはない。

三上が
「篠田がまさしらにフクロにされて、つっかけでどつかれたらしいで」

といった。

「つっかけで？」

神永《かみなが》がいった。

「ああ」

「まさしに？」

「ちゃう。名前知らんけど、ちんばのやつ」

「つっかけでどないしてどつかれんねん」

「ヒールで」

「ビール？」

「ヒール」

「ヒールて何」

「かかと」

長田《ながた》だ。

「かかと？　つっかけの？」

「そうや」

「かかと？」

「あるやん。かかとの高いつっかけ。女もんの」

「知らん」

「あるやん。こんな、ヤンキーの女のはく、やつ」

「女にどつかれたんか」

「ちゃうやん。男や。そのちんば、女もんのつっかけはいとんねん」

「何で」

「知らん」

「篠田は」

「家ちゃうかな。目ぇこんなん」

と長田は左目のあたりを手で腫れたかたちにして
「なってるらしい」

といった。だけど長田はぼくの腫れた左目を見ていない。ぼくは電話で
「腫れてる」

といっただけだ。それもいってないかもしれない。

「見えとん？」

「知らん」

眼帯をはずせば見える。だけど眼帯をしているから見えない。神永は不思議そうな顔をしばらくしていたけど、すぐに吸っていたたばこを消して

「そいつらどこおるん」

といい
「ミヤコ商店街の金魚屋の横のゲーセンによぉおるらしいで」

と三上がいうと
「いこ」

と立ち上がり、自転車にまたがり走り出した。

「おるかどうかわからんで」

長田が叫んだけど神永はもう遠い。


三人は神社にいた。ここから自転車で商店街まで二十分ほどだ。

小学校三年か四年ぐらいの男の子が歩いている少し向こうを、二台の自転車が間をあけて神社からあらわれた。一台は二人乗りだ。乗っているのは坊主頭の中学生で、前を走る自転車に乗るのは赤いジャージの上下を着て、坊主頭で頭頂部にまで届きそうな剃《そ》り込みを入れている。神永だ。後ろの二人は制服で、これらも坊主頭だ。どちらも前をはだけて、運転するのは黄色いシャツ、後ろに乗るのは水色のとっくりを着ている。前が三上で、後ろが長田だ。

道の脇に白い猫がいて、それらを見ていた。三人は猫には気がついていない。男の子はしばらくしてその猫に気がつく。男の子は猫に声をかける。猫は何もいわない。それでも男の子が声をかけ続けていると、猫は
「ニャ」
と鳴いた。

三人はゲームセンターで、ぼくの目をはいていたサンダルのかかとで叩いた、そのときは名前を知らなかった足の悪い竹内を見つけた。竹内は一人でいた。そのときは運動靴をはいていた。

「あいつや」

長田がいい、三人は近づいた。竹内は下を向いてゲームをしていた。

「まさしは」

長田がいった。

「あ?」

竹内が顔を上げた。

「ワレ、篠田どついたやろ」

「それが何やねん」

神永が蹴《け》った。

「何しょんねん！」

「ちょー来いや」

「ゲームしとんねん！」

「うっさい」

三人は竹内を、商店街の山側にある、昼間は人の少ない飲み屋街の路地に引きずって行って、神永がまずは殴って、座り込んだ竹内の左腕を横蹴りした。竹内は、痛いんじゃ、といった。神永はかまわずまた蹴った。竹内が近くにあったビールケースを神永に投げた。それは当たったけど、空だったし、そんなもの神永は屁でもない。神永はまた竹内を蹴った。

大人の男の人が角からあらわれた。そして四人を見て
「こら！」

といった。倒れている竹内を見て
「よってたかって弱いもんいじめか」

男の人がいった。

「ちゃうわい」

三上がいった。

「そうやないかい」

男の人は竹内を立たせながらいった。

「大丈夫か」

男の人が竹内にいった。

「あ、はい」

「痛いか」

「あ、はい」

「病院行くか」

「どうしようかな」

竹内がいった。神永たちはしばらく二人を見ていた。長田は笑っていた。

「何わろとんねん」

男の人が長田にいった。

「いてて」

竹内は悪い足をいつも以上に悪く見せていた。いつもはこんなに不自由にしない。

「ほんま悪い奴らやで、こんな足の悪い子、よってたかって殴りやがって」

「関係ないわい」

それまで黙っていた神永がいった。

「何」

「足がどうとか関係ないわい」

「あるやろがい！」

男の人は怒鳴った。

「ない」

神永はまたいった。竹内が神永を見ていた。

「何がないねん！　あるやろがい‼」

「ないんじゃ！」

男の人は少しびっくりした顔で神永を見ていた。

「何やこいつ」

「おっさん」

竹内がいった。

「ええわ。どいて」

「あ？」

男の人がいった。

「ワレが神永か」

といった。

「ああ」

神永がいった。

「お前、殺したるからな」

「お前名前何いうねん」

「竹内や」

「いつでも来いや」

神永がいった。

「お前らなんかバラバラにしたるからな‼」

竹内がいった。長田には竹内は少し喜んでいるように見えた。

「ええ加減にせえ！」

男の人がいった。

「うっさい！」

竹内がいった。神永が少し笑った。


ぼくはその話を二日後に聞いた。教えてくれたのは三上だ。昼休み、一号校舎の裏にぼくたちはいた。ぼくは左の目に眼帯をしていた。

「痛い？」

三上がぼくの左目を見ていった。聞いたのは三回目だ。

「いーや」

ぼくがそういったのも三回目だ。

三上は桜の木にもたれていた。入学式の日、ぼくはこの木を見た。三上も見ていた。

神永も見ていた。長田は見ていない。長田は今でもここに木があることとさえ知らない。いや、木のあることは知っている。だけどそれが桜の木だとは知らない。長田はだけどこの桜の裏にあるコンクリートの壁の割れ目からときどき猫が出てくるのを知っている。それは黒いやつだったり白いやつだったり三毛だったりした。夏になれば子猫だって出てきた。そのことはぼくも三上も知らない。神永はここらにときどき猫があらわれるのを知っている。だけどそれが壁の割れ目から出て来ていたのだとは知らない。

神永は部屋にいた。神永は学校に来てなかった。だからぼくと三上と長田は、五時間目で学校を出て、川沿いを歩いて、神永の家へ来た。

神永の家は二間で、神永は奥の部屋にいた。そこでぼくと三上と長田とでたばこを吸っていた。神永は吸っていない。しかしぼくたちの吸っていたたばこは神永のたばこだ。

「木ぃ切られとったやろ」

長田がいった。

「どこの」

ぼくがいった。

「川のとこの。ちゃうわ、公園の」

あの木じゃない。ならまだあの木には鳥たちがいる。

「何で切るんやろ」

長田がいった。

「チェーンソー」

三上がいった。

「その何でとちゃうわ」

「ほなどの何でや」

「切る理由や」

「何をや」

「木ぃをや」

「切れ、いわれたんちゃうん」

「誰に」

「知らんがな」

「目ぇ痛い？」

神永がいった。

「別に」

ぼくがいった。

怒鳴り声が聞こえた。男だ。年寄りの声だ。

「おのれぁ！　何遍《なんべん》いうたらわかるんじゃ、おお、こら‼」

その後も言葉は続いていたけど、聞きとれなかった。

「裏のじじいや」

神永がいった。

「誰にいうとん」

「おばんがおんねん」

「おじんがおばんにいうとん？」

ぼくがいった。

「どつきまわしたろか‼　おお、こら‼　おんどら、この」

後が聞きとれない。

「のどかわいた」

と三上が勝手に冷蔵庫からコーラを出してきた。ぼくらはいつもそうだ。

「ぬるいコーラ飲んだことある？」

「ある」

長田がいった。

「ある」

神永がいった。

三上がいった。

「ある」

ぼくがいった。

「まずいよな」

「泡めっちゃ出る」

「ゲップもめっちゃ出る」

「だからやん」

「え」

「泡がめっちゃ出るから、ゲップがめっちゃ出るんやん」

「それぬるいん？」

長田がいった。

「冷えてる」

三上がいった。裏のじじいはまだ怒鳴っている。

「犬死んでんて」

長田がいった。

「どこの」

「徳田とこの」

徳田というのは英語の先生だ。出っ歯なので、ディス イズ ア ペン が、ズス イ ザ セン に聞こえる。三上がしょっちゅうその真似をして、それを徳田に知られて、徳田のいつも持つ竹の尺《しゃく》で頭を叩かれた。その徳田が授業中、突然犬の死んだ話をしはじめて泣いたらしい。

「泣いたん⁉」

三上がいった。

「やって」

長田がいった。

「あいつ泣くんや」

三上がいった。


ヘリコプターの飛ぶ音がした。それはぼくらのいる神永の家の真上を飛んでいた。そこから青い屋根や赤い屋根や茶色い屋根や川が見えていた。いくつもある青い屋根のひとつがぼくたちのいる神永の家の屋根だ。そこにぼくたちはいる。そこでぼくたちは泣いている徳田の顔を思い浮かべている。


「犬とか死んだことある？」

三上がいった。

「ある」

神永がいった。

「ない」

長田がいった。ぼくは何もいわなかった。犬はないが猫はある。

「泣いた？」

長田が神永にいった。

「泣いた」

神永がいった。神永でも泣くのかとぼくは思った。

ぼくは猫が死んだとき泣かなかった。しかし父が死んだ猫を埋めるとき
「ありがとうな。長いこと楽しませてくれて。天国行ったら走り回れよ」

とかいい出したので、それで泣いた。名前は忘れた。死んだ猫はその猫だけじゃない。チビもいたし、トラもいたし、シロもいたし、チロンもいたし、それに猫だけじゃない、
うさぎのチビもいたし、ザリガニのジロウもいたし、ハツカネズミのミッキーもいた。

あ、ザリガニのジロウはまだいる。玄関の下駄箱の上に置いてある水槽にまだいる。

「まさし仕返しに来るかな」

長田がいった。やっとその話が出たとぼくは思った。ぼくは神永が竹内を殴ったと聞いたときからずっとそのことを考えていた。というか、そのことしか考えてなかった。

まさしはきっと仕返しに来る。そうなれば一番危ないのはぼくだ。

ヘリコプターはもう海の上に出ていた。製鉄所《せいてつじょ》が海沿いにあるのが見えた。ぼくの父はそこで働いている。

「これ誰」

長田がいった。それは何か映画のポスターで、上半身裸の刺青《いれずみ》を入れた男の人が刀を持って立っていた。

「高倉健や」

神永がいった。

「聞いたことある。昔の人やろ」

「昔の人ちゃうわい」

「生きとん」

「生きてるわ」

長田はあまり興味がない。

「かっこええやろ」

神永がいった。

「やくざやん」

三上がいった。

「俳優《はいゆう》じゃ」

ぼくも知っている。父が好きだ。

「好きなん？」

ぼくがいった。

「うん」

　神永はいった。

　次の日
「まさしの兄貴がお前探してるらしいぞ」

　藤堂が神永にいった。藤堂はぼくたちの一個上で、三年で、松井君の使いっ走りだ。だからぼくたちはバカにしていたし、もちろん藤堂には藤堂なりの思いはあったのだろうけどそんなことぼくらは知らない。神永は、藤堂、と呼び捨てにしていた。

「ほんまか」

　神永がいった。

「やーさんらしいで」

　藤堂がいった。そんなことをいわれても神永は、ほんまか、としかいわない。

「ほんまか」

　神永がいった。向こうが探しているのはぼくではなく神永らしい。狙いは神永なのだ。しかしだからといってぼくは、ほっ、としたりはしない。

　放課後、松井君が神永のところへ来た。ぼくたちは花壇の前にいた。

「お前、やーさん怖ないらしいのぉ」

松井君がいった。神永は何もいわない。

「ええ根性しとんのぉ」

神永は松井君ののどのあたりをぼんやり見ていた。

「何や」

松井君がいった。

「どこ見とんねん」

神永が笑った。

「何わろとんねん」

藤堂がいった。

「わしのこと怖ないんか」

松井君がいった。

「どないやねん」

松井君が、神永を突き飛ばした。神永は花壇に倒れた。花が七本つぶれた。神永はゆっくり立ち上がり、つぶれた花を見て、からだについた土をはらった。松井君は何もいわずにそれを見ていた。松井君は緊張していた。そのことはぼくや長田にもわかった。松井君は神永をおそれていた。藤堂はにやにや笑っていた。藤堂には松井君が緊張していたことがわからない。何かのバチが当たって死ねばいい。

突然、すごい雨が降って、すぐにやんだ。

空はものすごい色をしていた。まだかすかに青いところがあったけれど、そしてもう雲はなかったけど、太陽の沈んで行く方には雲が、いろんな大きさの雲が横に流れていて、青に赤がまじりはじめて、むらさきになり、それを抜けるときれいなオレンジ色になり、ピンクになり、黒く見えるようなところもあり、もちろんむらさきの残っているところもあり、太陽はその明るさを落としてはいたけど、まだじゅうぶんまぶしく、赤く、白く、黄色で、熱もはっきりと感じて、あれが沈んだとたん、この色の全部が消えて、夜になるなんてうそみたいだった。

夜になった。

父が家に帰ってくる少し前、父から電話があって、母が父を迎えに家を出た。普段はそんなことは母はしないから父に何かあったのだ。

二人で帰って来てから、父はひとことも音を出していない。母もだ。怒ったように作りかけていた晩ごはんを用意して、並べ、父はみけんにピリピリとしわをよせて、それを食べ、食べ終わると横になりテレビを見ていた。母はぼくの体操着の穴をふさいでくれていた。妹は漫画を読んでいた。ぼくは絵を描いていた。夕方見た空を描いていた。

テレビの音だけがしていた。

「そんなに嫌やったら、やめたらええやん」

母がいった。父は何もいわず便所へ立った。相変わらずテレビの音だけがしていた。コマーシャルになっていた。大きな家がうつっていた。こんな大きな家に住んでいる人をぼくは見たことがない。

電話が鳴った。母が出た。ぼくにだった。出るとまさしで
「小学校の下の公園におるからこれから出て来い」

といった。

「体操服着て来いよ」

といって笑った。一人ではないようだった。三上にすぐに電話をかけたけど、誰も出なかった。ぼくは神永の家に電話をかけかけて、やめた。長田のことは思い出しもしなかった。


大きな犬がいた。シェパードだ。まさしと、そのときわかったのだけど、竹内と、あと二人いた。おにいちゃん、とまさしがいっていたから、背の高い痩《や》せた犬の首から伸びた紐《ひも》を手にしていた方が、噂のやくざの兄貴だ。一人は知らない。竹内は左腕に包帯のようなものを巻いている。

「神永どこや」

まさしがいった。

「え」

ぼくがいった。

「神永じゃ！」

まさしが怒鳴った。そういわれても電話のとき何もいわれていない。それにぼくは神永に電話をかけかけてやめた。ぼくが今ここにいることを誰も知らない。

「何で今聞くねん」

まさしの兄貴がいった。

「え」

まさしがいった。

「電話したとき聞けや。邪魔くさい」

まさしの兄貴がいった。ぼくもそう思った。

知らない一人は笑って、犬はぼくに尻尾を振っていた。


「仕事やめてどないして、あれすんねん‼」

父が便所から戻ってくるなり母に怒鳴った。あれ、という前、少し間があいた。何かいおうとしたのだろう。父は仕事をやめたいらしい。いつものことだ。いつものことのくせに、そして必ずやめたいとなったらやめるくせに、やめたらどうするのだとかこうして母にいうのはずるい。

ぼくは便所へ行くふりをして、家を出た。出るとき下駄箱の上にある水槽にいるザリガニのジロウをぼくは見た。ジロウは冬だからじっとしていた。死んだものとして思い出して悪いことをした。体操服には着替えていない。上着も着ていないから外へ出たら寒かった。


「竹内、やったれ」

まさしがいった。竹内が悪い方の足でぼくを蹴った。ぼくは手を出さなかった。出せなかった。怖かった。まさしが続けてぼくを蹴った。まさしの兄貴ともう一人、それは兄貴の友達のようだった、は見ていた。竹内がつっかけをぬいで手に持った。まただ。

「眼帯してない方、どついたらぁ」

といいながら、ヒールでまたぼくの顔を叩いた。しかしぼくがよけたから、ヒールが耳に当たった。痛かった。とても嫌だった。

「動かすなダボ」

とまさしがぼくの頭を両手で抱えた。

神永は家にいた。神永は一人で、寝転んで漫画を読んでいた。何度も読んだ漫画だった。

長田はテレビを見ていた。ドラマだ。飛び飛びに見ていたから筋はよくわかっていない。かわいい顔の若い女が長田はとても気に入った。名前をしかし長田は知らない。ふすまがあいて長田の兄貴が入って来た。

「何ちんぽ触りながらテレビ見とんねん」

兄貴がいった。長田はズボンから手を出した。

三上は風呂に入っていた。家の近くの、三上の家の近くの銭湯だ。刺青を入れたじいさんがいた。刺青は女のかたちに見えたけど、しわでよくわからない。短い髪をした男の人がじいさんの世話をしていた。

父は家を出て、近くの酒屋で酒を飲んでいた。

母はテレビを見ていた。妹もテレビを見ていた。長田の見ているドラマだ。

「そのぐらいにしといたれや」

まさしの兄貴がいった。ぼくは何回もまたヒールで目を、右目を、叩かれた。

神永は外へ出た。ポケットに百四十円入っていた。それをチャラチャラ鳴らしながら神永は駅へ向かって歩いた。あてはなかった。盗めそうな自転車があれば盗んで繁華街まで行っても良いと神永は考えていた。

長田は風呂屋へ向かっていた。

三上は風呂屋を出た。
神永は自転車を盗んだ。駅までの通りにそれはあった。チェーンはかかってなくて、足で蹴ってひねればはずれる小さな鍵しか付いてない。

ぼくは両目がふさがっていた。左目が眼帯で、右目は新しく腫れていた。まさしたちはいなくなっていた。ぼくは音だけを横になって聞いていた。かさかさと聞こえてくるのは木の葉っぱだ。ここにはたくさんというほどではなかったけど、何本も木があった。葉の落ちていたものもあったけど、残っていたものもあった。ぼくは眼帯をはずして、まだ腫れていてほとんど見えなかったけど、やられたばかりの右目よりはましだったので、左目にあいたかすかな隙間から外を見た。月が見えた。三日月だった。あそこに人間が降り立つのを見たことがある。すごい昔だ。父と見た。それから外に出て本物の月を見た。テレビで人間が立っていたのも本物の月のはずだけど、それとそのとき見上げたものとが同じものとは思えなかった。思えなかったのは、ぼくが、だ。父はどう思ったのか知らない。下から見る月に人間は見えなかった。
鳥の鳴くのは聞こえない。

父の隣に太った男の人がいる。男の人はとても大きな声で、飲み屋の女の人をどうしたとかの話を店の人にしていた。店の人は男の人で、父や、話している男の人よりも年が上の男の人で、大声で話される話をうなずきもせず聞いてもいない。

「うらやましいやろ」

男の人がいった。

「おめこをやな、こないして広げて、電気こうこうとつけて、見たってん。においかいでな。電気つけてな」

男の人はコップの酒をおかわりした。

「風花の、まい、いうたら、あそこらでは知らんもんのないべっぴんや。ごっついべっぴんやからな。スタイルもええしな。乳なんかお前、大きすぎず小さすぎず、ちょうどええ。嘘や思たらあそこら行って聞いてみ。まいちゃんて知ってまっか、いうて。みんな知ってるわ」

入り口の近くにいた二人の男の人が
「置いとくで」

と酒代を置いて出て行った。男の人はまたコップの酒をおかわりした。

「なめんなよボケ」

男の人が父を見た。

「なぁ」

父は何もいわない。

「ふん」

男の人はおかわりをした酒を半分一気に飲んだ。誰かしら殴りたい気分でいた。父もだ。

前から高校生らしき二人が歩いて来た。高校生ではなかったのかもしれない。どっちにしても神永より年上だ。二人は少し酔っていて、笑っている。二人は良い服を着ていた。一人は革ジャンをチャックを半分まで開けて着ていた。もう一人はスカジャンを着ていた。神永はいつもの赤いジャージだ。二人は神永をよけずに歩いてきたから、神永にぶつかった。

「いた」

二人の一人がいった。神永が立ち止まって振り向いた。

「ごめんぐらいいえや」

さっきのとは別の一人がいった。

「ぶつかって来たんお前やん」

笑いながらいった。違う。ぶつかって行ったのは二人の方だ。

「このガキしばこか」

革ジャンがいった。

「しばいたろか」

スカジャンがいった。

「しばいたろかいうとんねん！」

革ジャンがいった。この二人はあまりこういう状況に慣れていないと神永は思った。前置きが長すぎる。

「俺ら空手やってんねん。試《ため》させて」

スカジャンがいった。神永は革ジャンの方の左右の襟《えり》のあたりを両手でつかんで、さっとむいて裏返しにした。革ジャンはひじのあたりで裏返った革ジャンが邪魔で動けなくなった。動けなくなっている革ジャンの鼻を神永は殴った。鼻血がすぐに出た。それから頭突きを顎《あご》に入れた。革ジャンは腕が動かせず鼻と口元を押さえることもできなかった。スカジャンは何もして来ない。神永は二人から合わせて六千円取った。

ぼくたちはその金で次の日の昼、カツカレーを食べた。長田は二杯食べた。

「大盛りにしといたら良かったな」

店の女の人が笑った。

それからぼくたちは喫茶店に入った。

「ぼくクリームソーダ」

「ぼくも」

「ぼくも」

ぼくは少し考えて

長田が笑った。

「クリソやて」

といった。中の男の人は髪をオールバックにして、薄い色のサングラスをかけていた。

「クリソ四つ」

といった。店員の女の人が奥に行き、中の男の人に

「ぼくも」

家に帰ったとき、父はいなかった。ぼくの目を見て母が

「今度は右か！」

と大きな声を出した。妹は寝ていた。ぼくはかすかにあいた左目の隙間で見ていた。

父は夜中に帰って来た。ぼくは寝ていた。

夢の中では目は見えていた。ぼくはとても高いビルの上にいた。そこから下を見ていた。そしてここから飛べるかどうかを思案していた。うまく風に乗らないと落ちてしまう。ここから落ちたら死んでしまう。ぼくの隣に犬がいた。どこかで見たことのある犬だ。まさしたちの連れていた犬だ。まさしたちはいない。ぼくはまさしの兄貴や、もう一人を、いたことはおぼえてはいたけど、顔を思い出せない。犬は尻尾を振ってぼくを見上げている。笑っているように見える。ぼくは下を見て、風の具合を考えている。風が見えるまで見ていようとぼくは思っていた。風が見えればここから飛べる。遠くに海

が見えた。海に向かって誰かが歩いていた。小さな女の子だ。

父は酔っていた。横になり少しして便所で吐いた。父の目と鼻から涙と鼻水とが一緒に出てきた。泣いていたわけではない。


「目ぇどないや」

神永がいった。

「大丈夫」

ぼくがいった。

長田は麻雀ゲームをしていた。

「やばいやばい」

「何」

三上がいった。

「国士《こくし》や」

「うそやん」

ぼくたちは長田がするゲームの画面を見た。

「国士無双《むそう》とか出したら死ぬらしいで」

「え」

と長田がそういった三上の顔を見た。

「あ、来た。国士や。国士上がった」

神永がいった。

「死ぬわお前」

三上がいった。だけど長田は死んでない。今も生きている。


朝起きると父はまだ寝ていた。母も妹も何もしゃべらない。ぼくは目玉焼きを二つと食パンを三枚食べた。父は目をとじていたけど、ピクピクと動いていた。ほんとうはもう目がさめている。ぼくは学校を休んでも良かったのだけど、家にいるのもうっとうしいので、家を出た。


まさしの兄貴は朝からずっと電話の前にいた。かかって来るはずの電話を事務所で待っていた。昼ごはんも食べていない。食べに出ている間に電話がかかって来たら出られないからだ。

事務所の壁にはたくさんの提灯《ちょうちん》が飾られていた。テレビがあって、電話の置いてある机が一つと、椅子が二つと、二人が座れるソファーが二つと、流しにコンロと小さな冷蔵庫と、奥の部屋には大きな机と応接セットがあった。まさしの兄貴はその部屋にはほとんど入ったことがない。

電話は鳴らない。

三時間目の数学の時間、神永は教師の土田を突き飛ばした。

神永は授業の最初から寝ていた。土田はしばらく無視をしていたのだけど、あんまり堂々と神永が寝ていたから、そしてそれは毎度のことだったから、急に腹が立ったのか、虫の居所が悪かったのか
「神永！」

と突然怒鳴って、目をさました神永に
「そないしてなぁ！　授業中ずっと寝てなぁ！　すんのはお前の勝手じゃ、でもなぁ、そのツケは後になってから来るねんぞ！」

といった。神永はまた寝ようとした。

「クズが。大人になってからやったら遅いねんぞ」

土田がいった。神永は顔を伏せていた。寝ているのかと見ていたみんなは思っていた。

「うちの息子なんかなぁ、一生懸命勉強して、ええ大学入ったわ。医者になるらしいわ。我が子ながら偉いもんや。お前らとはえらい違いや。授業中は寝て、外でケンカばっかりしやがって」

神永は顔を上げない。

「百七ページ」

土田がいった。四十二人いたみんなのうちの三十六人が、教科書の、土田にいわれた

ページを開いた。ぼくや三上や長田はもちろん開かない。

「お前らて何やねん」

神永がいった。声が小さかったから気がついていないものもいた。土田は気がついた。

「誰や」

神永が立ち上がった。

「何や」

土田がいった。

「座れ」

「お前ら、て何やねん。他のやつ関係ないやん」

神永がいった。

「ええから座れ」

土田がいった。三上が立ち上がった。ぼくも立ち上がったけど、うまく見えない。

「座れ！」

土田が怒鳴った。

「お前とこのガキにできんことしたらぁ」

神永が走って土田に飛びかかった。土田は両手で神永を防ごうとしたけど、神永の勢いに、突き飛ばされた。突き飛ばされた土田は黒板のチョークとかを置く出っ張りに腰をぶつけて

「うー」

といい、腰をおさえた。しかし神永は止まらない。土田のひざを蹴って、顔を殴った。それを合図にしたように三上が神永を止めた。ぼくも行きかけたけど、机に太ももをぶつけてこけた。

「何しとんや！」

学年主任の秋津が入ってきた。隣のクラスで授業をしていたのだ。騒ぎが聞こえたのだ。この校舎は古いから隣の教室の音がよく聞こえる。秋津は三上を見て
「またお前らか！」

といった。三上は黙っていた。土田が顔を上げた。鼻血が出ていた。

「土田先生に何したんや！」

秋津がいった。

「お前か！」

秋津が三上にいった。自分じゃないなんて三上はいわない。

「俺やん」

神永がいった。

「かーみなーが」

と変な声で秋津はいった。

「時代劇みたいや。かーみなーが」

三上はしばらくその真似をしていた。そのたびに長田は笑った。三上が真似に飽きてしなくなってからも、長田は
「あれやって」

とせがんだ。

「ちょっと職員室こい」

と秋津は神永と三上にいった。

「こいつ関係ないやん」

神永がいった。土田が
「やってられませんわ!」

と秋津を押しのけて教室を出て行った。

「自習や!」

と秋津はクラスのみんなにいい、神永だけを連れて出て行こうとした。三上が
「俺も行くで」

といったけど
「お前関係ない」

と神永はいい、一人で先に出て行った。

神永は職員室にいったん入って、すぐに相談室に連れて行かれた。そして秋津が長元を呼んできた。

「長元？」

長田がいった。

「うん」

神永がいった。

「秋津は」

「知らん」

「あいつほんまずるいよな」

「神永のことびびっとんちゃうん」

長元は右手の小指と薬指の先がなかったから、ぼくらは昔やくざだったのじゃないかと噂していた。松井君が引きずり回されていたのも見た。そのときの長元はほんとうにやくざに見えた。

「元気か」

長元がいった。

「しばかれた？」

長田が聞いた。

「いいや」

神永がいった。

「うそやん。ほな、何してたん」

「野球の話してた」

「野球？」

「うん。日本シリーズの」

「後は」

「高校行くんか、いうてた」

「長元が？」

「ああ」

「行くん？」

「わからん」

神永がいった。

「後は」

三上がいった。

「土田に謝れいうてた」

「謝ったん？」

「うん」

「何て」

「すいませんでした」

神永がいった。土田は濡らしたタオルで鼻のあたりを冷やしていた。少し離れたところで長元が見ていた。秋津はいない。神永はもう一度いった。

「すいませんでした」

「何もいわへんの？」

長田がいった。

「うん」

「ほんで？」

「神永」

離れた場所から長元がいった。

「もうええわ」

土田は変わらず顔を上げなかった。

「へー」

長田がいった。

家の前まで神永が付いて来てくれた。ぼくの家の前には公園があったから二人でそこでたばこを吸った。そこを通り抜ける知らないおばさんが顔をしかめた。

「長元の子供俺らとおんなじ年やねんて」

神永がいった。

「どこ中」

「知らん」

「ふうん」

小学生の男の子が三人と女の子が二人、公園にいた。女の子の一人は車椅子に乗っていた。みんなはその子をブランコに乗せようとしていた。

「こわい？」

「大丈夫」

「そっち持ってよ」

「持ってる」

「支えててよ」

「うん」

「俺足持ってる」

「あんまり上に上げたらこわい」

「うん」

ぼくたちはそれを見ていた。そして女の子はブランコに座った。そしてみんなの支える中、少しだけ前後に動いた。

「わぁ」

とその子が声を上げた。

「お前高校行くん？」

神永がいった。

「わからん」

ぼくがいった。

「公立やったら安いし、商業やったら今からちょっとがんばったら行けるぞ」

長元がいった。神永は何もいわない。

「高校ぐらい行っといてもええぞ」

神永は小さくうなずいた。

「そうなんや」

ぼくがいった。

「うん」

神永がたばこを捨てた。


まさしの兄貴はたばこを買いに出た。間の悪いことに、まさしの兄貴が事務所を出てすぐに電話が鳴った。夜だった。


神永は寝ていた。

三上も寝ていた。

長田も寝ていた。

ぼくも寝ていた。

まさしは病院にいた。長椅子に座っていた。廊下にある壁時計は三時を回っていた。夜中のだ。お姉さんには連絡が取れなかった。仕事中だった。まさしには母さんも父さんもいない。兄貴は頭蓋骨と腰の骨が折れていた。

まさしは家にいた。テレビを見ていると電話が鳴った。出ると知らない男の人からで

「とおるが病院担ぎ込まれたから、保険証持って行ったれや」

といった。

「どこの病院ですか」

とまさしが聞くと男は教えてくれた。そしてすぐに切れた。

「まさし」

声がして見ると、トシちゃんが廊下にいた。犬が尻尾を振っていたとき笑っていた人だ。

「とおるは」

「中」

トシちゃんにはまさしが電話をした。トシちゃんは彼女といた。恵子という名前の女の人で、耳が悪かった。喫茶店で二人は会った。二人は手話で会話した。トシちゃんがおぼえたのだ。

トシちゃんはぼくが竹内に

「びっこ」

か

「ちんば」

といったとまさしに聞いていたから、ぼくのことを嫌っていたけど、ぼくはそんなことをいってないし、まさしもトシちゃんにそんなことをいっていない。トシちゃんの錯覚だ。

まさしをミヤコ商店街で、三上が見つけた。商店街はクリスマスの飾り付けがはじまっていた。まさしは病院へ向かう途中で一人だった。三上は後ろから近づいて、腰を蹴った。びっくりしてまさしが振り向いたとき、三上の後ろ姿だけが見えた。

「誰やろ」

竹内がいった。

二人は竹内の家にいた。

「篠田かな」

「あのダボ」

「とおる君は」

「生きてる」

まさしはくわえたばこの煙が目にしみて涙が出た。大人がするようになかなかうまくくわえたばこがまさしはできない。ぼくもできない。長田がうまい。得意げにぼくらの前でやる。

「出入りでやられたん?」

「知らん」

「組でやられたん?」

「何で組でやられんねん」

まさしは竹内をにらんだ。

「兄貴チンピラちゃうど」

「わかってるよ」

しかしまさしの兄貴はチンピラだ。まさしだって知っている。うちの母は小さなちくわをチンピラという。どこでもそういうのかはよく知らない。

「パン食う?」

竹内がいった。

「うん」

まさしがいった。まさしはこの日何も食べていない。

その日の空は月がなかった。ぼくは左目にある隙間からそれを見ていた。どんな順番で、月が満月になったり、三日月になったりするのかぼくは知らない。ぼくは月を見るときいちいち探す。月をだ。それは月の出てくる位置がいつもわからないからだ。月は大きく見えるから探すのに苦労したりはしないけど、どうしていつも場所が違うのかとは思う。だからといってぼくは調べたりしない。誰かにその話をしたりもしない。そんなことがぼくにはたくさんある。ぼくはどうしても父と母の誕生日がおぼえられない。妹の誕生日はおぼえている。神永のもおぼえている。三上と長田のはわからない。何度教えられても自分が生まれた時間をおぼえられない。そんなもん俺も知らん、と長田はいっていたけど、ぼくは何度も母に教えられたのだ。母がなぜぼくにそれを何度もいうのかはわからない。なのにぼくはおぼえられない。確か、朝の、八時か九時か十時の二十何分か、三十何分だ。四十何分だったかもしれない。

ぼくは家の屋上で、寝巻きの上に防寒着を着て、植木の前に座っていた。植木のところには青いプラスチックの箱があった。昔、ここにうさぎがいた。ぼくが飼っていた。茶色い大きなうさぎだった。

夏はいつもぼくはここで寝る。夏どころか、春の終わりから、ほとんど秋までここで寝る。雨が降ったり、他に住む人が洗濯を干しに来たりするけど家の中よりずっと良い。

父は仕事をやめた。

「付き合うって何するん」

とぼくがいうと坂口は下を向いた。廊下の角に坂口の友達の前田が見えた。この二人はいつも一緒にいた。前田とは同じ小学校だったから、昔からよく知っている。四年のときに算数の時間に小便をもらしたことも知っている。

ぼくはしばらくそのままでいたけど、坂口が下を向いたまま何もいわないので、神永たちのところへ戻った。すぐに長田が

「何て」

といった。ぼくは坂口に呼び出されていたことを長田と三上と神永にしゃべっていた。だからぼくは

「付き合っていわれた」

といった。

「うそやん」

と三上がいった。神永もぼくを見た。

その日の昼休み、小さく複雑に折られた手紙がぼくの机の中に入っていた。そこには

放課後、体育倉庫の横にきてください。坂口真美

と書かれていた。だからぼくは放課後そこへ行った。

「ほんで何ていうたん」

と長田がいった。ぼくは坂口にいったままをいった。

「え。そんなんいうたん」

神永がいった。

「うん」

ぼくはいった。

前田が三浦と山本を連れてぼくたちの前に来た。三浦と山本は、坂口とときどき一緒にいる二人だ。

「何であんなひどいこというんよ」

前田がぼくにいった。

「サッカン泣いてるやん」

「何が」

「何がちゃうわ」

長田が笑った。

「何わろとんねん、長田坊主」

「え」

長田がいった。

「え、ちゃうわボケ」

「誰がボケじゃ」

「お前じゃ」

「うっさいブタ」

「誰がブタよ」

前田はそんなに太っていない。だけど胸が大きい。小学校で最初にブラジャーをしてきたのは前田だ。

「お前や」

「ブタちゃうわ」

「前ちゃん行こ」

三浦が前田にいった。

「行け行けブタ」

「何よ！」

「死ね」

「お前が死ね」

前田のお母さんは去年死んだ。ぼくと三上と長田は葬式に行った。神永はいなかったと思う。前田はすごく泣いていた。泣きながらぼくたちに
「ありがとう」

といった。

「いや別に」

と長田がいった。前田のお父さんもぼくたちに
「どうもありがとう」

といった。お父さんはヒゲがのびていた。のばしていたわけじゃない。ぼくたちは何もいわなかった。

「ごしゅうしょうさまです、ていうねんて」

帰り道三上がいった。

「いつ」

「葬式のとき」

「誰がいうとったん」

「おかん」

「ほんな何でそういわへんねん」

長田がいった。

「腹へったな」

ぼくがいった。

神永がまさしに刺された。三上から電話があった。長田から電話がかかって来たのだ

と三上はいった。

神永はゲームセンターにいた。右腕のひじの近くにシャツをまいてゲームをしていた。傷を見せてもらうと、刺されたというより切られていた。傷はまだかわいていなくて、肉が見えていた。

「縫《ぬ》わんでええん？」

「ええわ」

「縫うた方がええんちゃう」

「ええわ」

「まさしは」

「逃げた」

といったのは長田だ。長田は横で見ていたのだ。歩いていたら後ろからまさしが声をかけて来て、振り向いたら、すぐ後ろにまさしがいて、一人でいて、何かを横に払った。カッターだった。

ぼくと三上が神永の傷を見ているとき、小学生の男の子がぼくらを見ていた。神永がそれに気がついて、傷を小学生に見せた。

「お前のせいやど」

長田がいった。ぼくと長田は川沿いを歩いていた。神永は帰った。三上も帰った。

「お前のせいで切られとんねん」

長田はそういった。

「神永がそういうたんか」

「あいつがそんなんいうわけないやん。お前がどないかせなあかんのんちゃうん」

長田はいった。

「どないかって何が」

「何がて何やねん」

「わからへんから聞いとんじゃ」

「ずるいねんお前」

ぼくは急に、胃の下が痛くなった。

「何がじゃ」

「何がじゃて何がじゃ」

「俺の何がずるいねん」

「やられたんお前やろ？　何で神永にばっかりやらすねん」

「やらしてないわい」

「やらしてるやん」

やらせてはいない。だけど長田のいうことはわかる。

「頼んでないもん」

「きたなこいつ」

「何がきたないねん」

「何で神永が切られなあかんねん」

「知らんやん」

「きたなっ！」

「お前も見てたんちゃうんか！」

「ああ⁉」

そうだ。長田だって神永が切られたとき横にいた。なら助けられたはずだ。でもたぶん無理だ。

「神永切られてんのに隣で見てたんやろ！　ほんな何で助けへんねん！」

「隣ちゃうわ！」

「お前かってずるいやん！」

長田がずるいとはぼくは思っていない。

「何や！　やんのか！」

ぼくと長田はつかみ合いになった。ぼくも長田もいつもつかみ合いだ。神永のようにうまく殴ったり蹴ったりできない。ぼくは長田の耳を指にひっかけていた。長田はぼくの胸ぐらと首のあたりをつかんでいた。涙が見えた。長田とけんかなんかしたくない。

「何泣いとんねん」

「アホか泣いてないわい」

「泣いてるやん」

「指が目に入ったんじゃ」

　ぼくは手をはなした。長田も手をはなした。指の先が白くなっていた。その後ぼくらは黙ったまま別れた。

　今日は月が空にいない。星も見えない。神永は痛いだろうか。熱とか出してないだろうか。ぼくは長田につかまれた首の皮膚が少し痛い。ぼくは防寒着のフードをかぶって、口のところまでチャックを閉めて、母がいくつも並べた、冬だから枯れて何もない植木鉢の奥のすみにしゃがんで目をとじる。

2

　神永は寝ていた。薄く口をあけている。舌がのぞいている。

　神永の前にぼくがいた。ぼくは泣いている。

「何で泣いとん」

　神永はいった。だけどぼくはこたえず泣いている。面倒くさいなぁと神永は思う。腕の傷は切られたときよりひどくなっていて、白く見えるのは骨だ。

月だ。ほとんど丸い。満月に思えるけど、まだ少し欠けているようにも見える。さっきまで月はいなかったのに、いた。星もいた。

誰かが便所へ歩いた。父かもしれない。母かもしれない。ぼくの家はアパートで便所は共同だ。それに部屋がひと間しかない。そこに家族四人で住んでいる。ぼくはこれが恥ずかしい。だから神永にも長田にも三上にもいったことがない。家に呼んだこともももちろんない。なのに神永はここにいた。

神永の上着の袖から血が流れ出ている。それを見てぼくは涙が止まらない。それを見て泣いていたわけじゃないのに、こんな風だとそうとられてもおかしくない。とにかく涙が次から次に目から出る。

「そんな泣くなや」

神永がいう。ぼくはうなずくこともできない。

「うさぎや」

神永がいった。うさぎがいた。確か、チビ、と名前をつけていたはずだ。

「チビ」

チビは耳を立てた。

妹が寝言をいった。

「跳び箱片付けるんわたしちゃうやん」

「妹か」

神永がいった。

「うん」

神永は一人っ子だった。お父さんと二人で暮らしていた。ぼくは一度だけ神永のお父さんを見たことがあった。神永の家で二人でいたときだ。夏だった。白い半袖のシャツから刺青が見えていた。花の絵だったように思う。

「牡丹《ぼたん》」

神永がいった。

「ひろし」

お父さんが神永にいった。

「ここ入れてた金どないしたんや」

お父さんはタンスのいちばん上の引き出しをあけてそういった。お父さんは汗をかいていた。変なにおいがしていた。ぼくは二人を見ていた。お父さんはぼくを見ない。

「知らん」

神永がいった。お父さんは引き出しの中を投げ出しながら、とてもイライラした様子で
「知らんことないやろがい！」

と怒鳴った。

「知らんわい」

「使いやがったな」

お父さんがいった。

「行こ」

神永がぼくにいい、立ち上がった。

「どこやったんや!!」

お父さんが神永を蹴った。神永が大きくよろけて、ふすまにぶつかった。ふすまが破れた。ふすまにはたくさん破れたところがあったから、別に目立たない。落書きもあった。何の絵だかわからなかったけど、動物っぽい。神永が描いたのだろうか。神永は何もし返そうとしない。

「あの金いんねや!!」

お父さんがいった。神永は何もいわない。

「どこや!!」

また蹴った。それは最初に蹴られてよろけたときにふすまにぶつかる前にひざで引っかけたテーブルの上にのっていたコップや何かを拾おうとしてかがんでいた神永の顔に当たった。神永がしりもちをついた。神永は鼻血を出していた。ぼくはそれを見ていた。

ぼくたちは神永の家の近くを流れる小さな川の、それはドブといってもいい、石が敷き詰められたせまい河原にいた。ぼくたちの前を一瞬も止まらずに水が流れていた。水は山から来ていた。山の方へ顔を向ければ山が見えた。ここには魚はいない。山へはどこから水が来るのか知らない。ぼくは神永を見ていた。神永は鼻血を拭きもせずじっと流れる水を見ていた。神永は今は泣いても良いところだ。

「くさ」

神永がいった。

「え」

ぼくがいった。

「この川、くさ」

確かにここの川の水はくさい。

ぼくが目をさました。

のどがかわいていたから、流しへ行き、水を飲んだ。真っ暗になっていた。それでもぼくは何かにぶつかったりはしない。ぼくはお腹もすいていた。冷蔵庫をあけてみたけど何もない。そのときぼくは何かがおかしいことに気がついた。ここはぼくの家じゃない。だいたいにおいが違う。ぼくはまわりを見た。部屋が二つあるのが暗い中で見えた。ぼくはここを知っている。ここは神永の家だ。ぼくは神永の家にいた。神永はいない。電気をつけてみた。電気をつけてもここは神永の家だ。

神永はいつもここに一人でいた。ここでほとんど一人でテレビを見たり、何度も読んだ漫画を読んだりしていた。お父さんがここへ戻って来ることはほとんどなかった。ぼくはそれを知っている。三上も長田も知っている。神永はしかしそのことをさみしいとは思わなかった。そういう風に神永は思わない。退屈だとは思うことはあった。そういうときは外へ出た。外へ出ても何もなかったけど、家にいるよりはましなような気がした。バットがあった。神永は何度かこれを使って人を殴った。しかしそれは年上か、向こうの人数が多いときにだけ使った。そうでないときはいつも神永は素手だ。

父は神永に
「相手が刃物出したら逃げろよ」

といった。

「絶対に、刺してみぃ、とかいうなよ」

といった。

「相手もプロちゃうねん。抜いてみて困っとんねん。そんなこといわれたら刺さなしゃーないやろ」

神永は
「ふうん」

といった。そのときの神永はとても小さな子供に見えた。

ぼくたちはそのとき浜にいた。釣りをしていた。なぜか急に父が
「あいつ誘たれや、神永」

といったのだ。だからぼくは神永を誘ったのだ。神永はとても嬉しそうにしていた。

ぼくは父と行く釣りはあまり好きじゃなかった、というか、まったく好きじゃなかった。

父は釣れないと不機嫌になり、ぼくに当たる。


大きな音をたてて戸があいた。

「ちっ」

舌打ちするのが聞こえた。神永のお父さんがいた。お父さんは酔っていた。ぼくは流しに立っていた。お父さんが近づいてきた。そしてぼくを突き飛ばし、冷蔵庫をあけて、中を見て
「何にもないんか」

といい、バタン、としめ、ドスンと床にあぐらをかいた。ぼくの腰の前にお父さんの頭があった。ぼくはそれを見下ろしていた。お父さんはぼくがぼくだということに気がついていない。

「くそ」

お父さんがいった。

「なめやがって」

床につばをはいた。お父さんのからだが揺れていた。揺れて小刻みに震えていた。汗もかいていた。そしてください。

「水や」

お父さんがいった。

「水くれ」

ぼくはコップに水をくんで渡した。お父さんはそれを一気に飲んで、コップを投げた。それは割れた。これよりぼくの父はまだましだ。

「何が」

ぼくがいった。ぼくは驚いた。ぼくは何もいおうとはしていなかったのに、勝手に口から声が出た。

「何が、くそ？　何が、なめやがって？」

ぼくの声じゃなかった。ぼくから出ていたのは神永の声だった。ぼくは神永だった。

「何でコップ投げんねん」

「あ？」

「何が、くそで、何が、なめやがって？　何でコップ投げるん？」

お父さんがぼくらを斜めに見上げた。ぼくは震えていた。神永が震えていた。

「なぁ」

「あ」

「何でコップとか投げるんじゃ！」

ぼくから、神永から、大きな声が出ていた。

「誰にものぬかしとんねん」

お父さんがいった。

「お前じゃ」

「ああ？」

「お前にいうとんねん‼」

お父さんがものすごい速さで左腕をぼくらに投げた。手の甲がぼくらの腹のあたりに当たった。お父さんはそのままぼくらを捕まえて、冷蔵庫のある場所へ突き飛ばした。ぼくらのからだの左側が冷蔵庫にぶつかった。

「おのれみたいなガキ、殺してもたらぁ」

お父さんがいった。

ぼくらはそれでもこの人と、ぼくらが小さいとき、遊んだ。その記憶はぼくらにはある。それはどこだったかはよくおぼえていない。でも広い公園のようなところで、ゲラゲラ笑いながら走り回り、転んで遊んだ。

「殺したる」

ぼくじゃない。神永がいった。とても小さな声で神永はそういった。

神永は立ち上がり、流しの下の引き出しをあけた。包丁が二本入っていた。

「何や」

お父さんがそれをじっと見ながらいった。

「何やそれ」

神永は包丁を握っていた。

「刺すんか」

お父さんがいった。そしてにやっと笑った。

「やれや」

お父さんはいって立ち上がった。

「やってくれ」

神永は立って揺れているお父さんを見ていた。

「お前にやられるなら本望や」

神永はお父さんを刺した。お父さんはまったくよけなかった。包丁はすっと腹へ入った。うまく骨をよけたらしい。お父さんは腹を刺されてゆっくりと落ちた。落ちてあぐらをかいていた。そして刺された場所を見ながら
「これじゃあなかなか死なへんど」

といい、そして笑って動かなくなった。血は見えなかった。神永は、ぼくは、しばらくその横に座っていた。からだが冷えてきていた。お父さんはあぐらをかいたまま下を向いて目を閉じていた。寝ているようだった。寝ていたのかもしれない。息をしていな

いだけだ。

　ぼくは寝ていた。テレビがついていた。父はいなかった。母と妹はテレビを見ていた。漫才師が出ていた。妹が笑った。母は笑わない。ぼくが突然飛び起きた。

「何やの」

　母がいった。妹はテレビから顔を離さない。

「神永がお父さん刺してもた」

　ぼくがいった。

「あんた風呂屋しまるで」

　母がいった。

「え」

　ぼくがいった。

「風呂屋」

　母がいった。

「うん」

　ぼくがいった。

「寝ぼけてんねやこの子。気持ち悪い」

　母がいった。

ぼくは風呂屋へ行く用意をして家を出た。ジロウは死んだのか動かない。

「死んでないわ」

妹だ。

アパートの階段は右へカーブしている。ぼくは小さいとき、よくこの階段から落ちた。どうしてあの階段はあんな不思議なかたちをしていたのだろう。階段を降りると一階の廊下に出る。左へ行けば一階の共同便所だ。出口は右だ。そちらにぼくは歩く。

外へ出ると神永がいた。暗くて最初はよくわからなかったけど、立ち方が神永だった。

「どないしたん」

ぼくがいった。

ぼくたちはアパートの前にある公園へ行った。公園の明かりの下で見た神永は顔が腫れ上がり、鼻と口から血を出していた。お父さんにやられたのだと神永はいった。

「何で」

とぼくはいったけど、神永はそれにはこたえない。ぼくは風呂桶の上に丸めて置いてあったタオルを神永に渡した。神永はそれを鼻と口に当てた。

神永は泣いていた。ぼくは神永が泣くのをはじめて見た。猫だったか犬だったかが死んだとき、神永は

「泣いた」

といっていたけど、こんな風に泣いたのだろうか。

しばらく神永は泣いていた。ぼくも神永も寒かった。だからぼくは湯上げタオルを広げて、二人にかけた。

神永はそれからもしばらく泣いていた。ぼくは神永が静かになるまで横にいた。背広を着た男の人がぼくらの前を通った。通るときぼくらをじっと見た。ぼくは男の人ににらみ返した。公園の横の道を小さな女の子とそのお母さんらしき二人が歌いながら通った。

「さっちゃんはね、としこていうんだほんとはね、だけどちっちゃいから自分のことよっちゃんていうんだよ、かわいいなみっちゃん」

「どんな歌やねん」

そうぼくがいうとようやく神永が笑った。だからぼくも笑った。

猫がいた。茂みの中に半分からだをかくしたそれはトラに見えた。

「トラ」

ぼくがいった。

「トラトラ」

猫はじっとぼくたちを見ていた。

「動物園行こか」

「晩やん」

「入れる」

ぼくたちは商店街を歩いて動物園に向かった。商店街はもうほとんどシャッターが下りていて、歩いている人もぼくらを含めて十七人しかいなかった。その中の一人は昔からそこに住んでいる人だった。商店の人という意味じゃない。アーケードのあるその商店街にときどき場所を変えながら住んでいるのだ。

動物園へは陸上競技場、ぼくが左目をヒールで殴られたのはその裏だ、との間の道に面したフェンスを越えて入った。入ったすぐのコンクリートは熊の檻《おり》の後ろの建物の壁だ。前へまわると、熊がいて、ライオンがいて、トラがいて、ゴリラがいる。

何かが遠くで鳴いた。

ぼくたちは熊を素通りして、ライオンの檻の前にいた。だけどライオンは中にいるのかぼくたちには見えなかった。それでもそこにライオンがいたという空気があった。神永は鼻を檻に近づけて

「これライオンのにおいかな」

といった。だけど厳密にはライオンだけのにおいじゃないかもしれない。右隣にトラの檻がある。トラもいないけど、そこからのにおいもぼくにはしていた。ふたつのにおいは似ている。肉食やからな。左隣のゴリラのにおいは違う。ゴリラのにおいはもっと草のにおいがする。果物食べるからかな。でも熊のも違う。熊は肉食やのに、何でかな。ハチミツ食べるからか。向かいにいるピューマのにおいはライオンやトラに似てる。ゴ

リラの檻の向こうには象がいる。今は獣舎《じゅうしゃ》の中にいるけど、大きな窓があるから外から見えた。象は二頭いて、じっとしていた。暗い中でも象の黒い目はわかる。まつ毛が長い。象のにおいがしてる。象はにおいも大きい。

「象は一日に二百キロから三百キロの草や木を食べます」

「え⁉」

「て、どれぐらい？」

ぼくは猿の檻の並ぶところへ神永を連れて行った。だけど暗くてよく見えない。中に一匹、ぼくたちをじっと見てるのがいた。そこにだけうまく遠くからの光を受けてぼんやり浮かび上がっていた。

「見てる」

猿が口をとがらせた。ぼくたちもその真似をした。猿が牙を見せた。ぼくたちには牙がない。

「ここ」

ぼくが猿の檻のいちばん端にある檻の前で神永にいった。

「こうやろ」

とぼくがいい、檻の裏に回った。神永はぼんやり檻の前にいた。何かが遠くでまた鳴いた。檻の中にぼくがあらわれた。ぼくが檻の中にいた。

「わあ」

神永がいった。

「えへへ」

ぼくは笑い、神永に
「そこの看板見て」

と檻の前の小さな看板を指差した。神永がそこを見た。

人間

と書かれていた。

「おいで」

ぼくはいった。

「うん」

神永が檻の中へ入ってきた。

「へぇ」

神永が檻の中を見回しながらいった。

「すごいな」

ぼくたちは檻の中にいた。

「ここにずっとはしんどいな」

「ほんまやな」

「でもここで生まれて育ったらここが普通か」

「ジャングルで捕まえられて連れて来られんのが最悪やな」

「最悪や」

「ジャングルに帰りたい！」

「俺も！」

神永は檻をつかんで外を見ていた。遠くの明かりを見ていた。ジャングルで捕まえられて船に乗せられて、船から遠くに見える陸地の明かりを見ている。つい最近まで明かりの向こうに住んでいた。明かりは人間のものだ。もうあそこへは戻れない。檻から逃げてもぼくたちは泳げない。

雨が降っていた。ぼくは雨で目がさめた。隣で神永が寝ていた。ぼくたちは公園にいた。

「神永」

ぼくは神永に声をかけた。

「神永」

神永は起きない。

「神永」

神永はお父さんの死体を流しで刻んでいた。左腕のひじから先は落とせたけど、それ以外はまだそのままにそこにあった。神永の家には風呂場があった。小さかったけれど、そこまで運べば何とかなる。しかし神永の力で大人の人間を一人では運べない。神永はかなり長い時間考えて、ぼくに電話した。なぜぼくだったのかはわからない。しかし、三上や長田の顔は思い浮かばなかった。電話をかけると妹が出た。そしてすぐにぼくが出た。ぼくは風呂へ行く用意をして家を出た。

ぼくは神永の家の前で小さな声で神永を呼んだ。十数えるほどの時間を置いて、神永が戸のすき間から顔を出した。

「おす」

ぼくがいった。

「あんな」

神永がいった。

「おとん殺してもてん」

神永がいった。

神永のお父さんは左腕をひじから落とされて流しの前にいた。あたりは血だらけだった。左腕の先が流しにあった。手首も落とされていた。それは血だらけで、血の気がなくなっているのかどうかはわからない。なくなっているのだと思う。風呂場まで二人で

お父さんを引きずった。ぼくが右足を持ち、神永が左足を持った。動かす前、神永が
「ごめんな」

といった。

「警察にばれたら、俺が脅《おど》したことにしてな」

ぼくは黙っていた。神永が泣いていた。今日は神永はずっと泣いている。

「運ぼ」

ぼくはいった。

「うん」

神永がいった。

お父さんはさすがに重たかった。

「死体は重たいねん」

そういっていたのは父だ。ほんとうだとぼくは思った。力の抜けたからだは重たい。

風呂場へ運び込んだとき、ぼくも神永も汗だくだった。そして二人とも肩で息をしていた。お父さんは丸まって風呂場にいた。せまかったからそうしなきゃからだの全部を風呂場に入れることができなかったのだ。ぼくはこれからこれをどうやってバラバラにするのか考えていた。手足を胴体から切り離して、たぶん首も、しかしそれでも胴体をそのままに運ぶのは無理だ。胴体だけになっても大人だからとても大きい。二つか三つにしなきゃ運べない。いや、もっと小さくする必要がある。それは足や腕だってそうだ。

しかし胴体を切るのは嫌だった。絶対に内臓が出てくる。すでにもう何か変なにおいがしていた。うんこのにおいに似ていた。お父さんはうんこをもらしているのかもしれない。そうなるとなかなか大変なことになる。神永がいなかった。ぼくは風呂場を出て神永を呼んだ。

「ここ」

神永の声がした。そこへ行くと神永は押入れを開けて、ダンボールの箱の中に手を入れていた。

「ノコギリがあった思うねんけど」

神永はノコギリでお父さんをバラバラにするつもりだった。確かに骨があるからノコギリじゃないと無理かもしれない。

「二個ある?」

「後は一人で大丈夫」

神永はぼくを見た。そして

「ごめんな」

とまたいって、泣いていた。ぼくはとても腹が立ってきた。神永がここからを一人でやろうとしていることにだ。そしてまた泣いていることにだ。

「何で?」

ぼくはいった。

ぼくがいった。こんな風に気を使って、泣いたりする神永は神永じゃない。神永はお父さんを殺してしまって気が弱くなっていた。

「俺も手伝うやん！」

「俺も手伝うからな」

ぼくはいった。当たり前だ。神永はぼくの友達だ。

それから二人で足を落とした。足の、太ももの付け根の骨は太くて固かったから時間がかかった。それでも何とか落とせた。うんこも出ていたけど、ぼくは気にならなくなっていた。ぼくだって毎日する。

気がつくと五時間ほどたっていたから、ぼくたちは疲れていた。少し休憩する必要があった。お腹はさすがにすいていなかったけど、何か食べた方が良かったから、神永がインスタントラーメンを作ってくれた。腕の落ちていた流しの横のコンロで神永が作ってくれていたことは気にならなかった。だいたい、そこが嫌だっていっても、ガスはそこにしかない。長田ならぎゃーぎゃーいったかもしれないけど、ぼくはいわない。だから神永はぼくに連絡したのかもしれない。

二人でラーメンを食べた。味噌ラーメンだった。おいしかった。

突然、神永が吐いた。ぼくは丼を流しに運んで、神永をそこへ連れて立たせて、水を出し、顔を洗わせた。さっきまでそこに神永のお父さんの左腕があった。また吐くかなと思ったけど神永は吐かなかった。

「神永」

　ぼくはいった。

「しっかりしぃ。バラバラにして、流してもたらええねん。大丈夫や」

　それからぼくたちは三度休憩して、お父さんをバラバラにした。小さなものは排水口と便所に流した。後はこれから手分けして少しずつ捨てていけばいい。川もあるし、海も近い。野良猫だってたくさんいるし、ねずみだっているし、山へ行けば野良犬もいる。それにそうだ、動物園だってある。みんな喜ぶはずだ。お父さんも喜ぶんじゃないかとぼくは思った。

　外へ出ると明るかった。見えるところはお互い注意して洗いあったから、ぼくたちに血はついていない。神永がたばこに火をつけた。ぼくにもくれた。たばこを持つ手が震えていた。力を使いすぎたからだ。筋肉痛もはじまっていた。太陽をぼくは見た。とてもまぶしかった。神永にも太陽の光が当たっていた。少し日に焼ければ良いのかもしれない。神永の顔は白すぎる。

　まだ作業は残っていた。後どれぐらいかかるかはわからない。それでも最後まできちんとぼくはやるつもりだ。


　目がさめた。暗かった。母も妹も父も寝ていた。ぼくは便所に立った。まだ夜だった。屋上へ上がると月が見えた。今日は月が出ていなかった。しかし空に月はあった。

次の日、神永は学校に来ていなかった。四時間目が終わってからぼくは神永の家に行った。三上と長田には何もいわずに来た。神永はいなかった。戸には鍵がかかっていた。

帰り道、まさしがあらわれた。

「神永、おとん殺してパクられたらしいな」

とまさしがいった。

「かわいそうやなあいつ」

竹内がいった。

後ろから頭を叩かれた。振り返ると徳田がいた。英語の授業だ。顔を上げるとみんなが笑っていた。三上も笑っていた。しかしやっぱり神永はいない。

神永のお父さんは逮捕されていた。覚せい剤を使っていたのだと三上がいった。三上は
「シャブ」

といった。

「神永は」

とぼくがいった。

「わからん」

三上がいった。

「わからんて何やねん」

ぼくがいった。三上は黙った。長田はゲームをしていた。ぼくたちはゲームセンターにいた。

「電話は？」

「してない」

「何で」

長田は何もいわない。

「俺ちょっと神永とこ行ってくるわ」

「おらへんてだから」

「どこ行っとん」

「知らんいうてんねん」

「何やねん！」

「何切れてんねん」

まさしたちが来た。竹内もいた。それ以外に知らない奴が二人いた。まさしはぼくたちに気がついた。竹内もだ。だけど何も言ってこない。ぼくは神永が切られてからまさしに会うのははじめてだ。知らない二人が見ているぼくに気がついた。

「何やこら」

一人がいった。まさしは何もいわない。三上も長田も何もいわない。ぼくはゲームセンターの丸椅子を投げた。丸椅子は軽い。適当に投げたその椅子がまさしの鼻に当たった。まさしが鼻を押さえた。そしてすぐに鼻血が出た。それは大量に出た。その血の量にみんな黙ってしまった。店の奥から大学生ぐらいの男の人が出てきた。

「何やっとんねん」

男の人はまさしを見て
「めっちゃ血ぃ出てるやん。これ鼻折れてんで」

といった。


神永はおばあちゃんのところにいた。電車で三十分ほどのところにその家はあった。電話でぼくはそれを知った。神永がかけて来た。三上にぼくはすぐに電話をした。三上は長田に電話をした。ぼくたちは三人で神永に会いに行った。


その前の日、ぼくは母とまさしの家にいった。まさしは鼻に大きなガーゼを当てていた。まさしのお姉さんが出て来た。

「そんなん気ぃ使わんといてください。喧嘩両成敗やわ。あの子も調子乗ったんやし」

お姉さんはそういった。まさしの兄貴はまだ入院していた。母は
「よぉ出来た子やな」

といった。まさしがではない。もちろんぼくがでもない。お姉さんがだ。

「苦労してるわあの子」

お姉さんは金髪に近い茶色い髪をしていた。きれいだった。

神永が出てきた。神永はぼくたちを見ても笑わなかった。

神永には部屋があった。ベッドがあって、机があって、本棚があって、テレビがあった。

「部屋にテレビあるやん！」

長田がいった。

「さっき通った部屋にもあったやん」

「何台あるん。テレビ」

「三台」

「すごすぎる」

神永のおばあちゃんの家はとても大きかった。神永の部屋の方がぼくが家族で住むアパートの部屋より広い。ここにはこれまでおばあちゃんが一人で住んでいた。歩いてすぐのところに神永のお父さんの弟が家族で住んでいた。

声が聞こえた。

「きよしちゃん。きよしちゃん」

「誰」

長田がいった。

「おばん」

神永がいった。

「きよしちゃんて誰」

「おとん」

「きよしちゃん。きよしちゃん。きよしちゃんどこ」

神永はぼくらを見て、立ち上がり、部屋の戸をあけて
「ここ」

といった。長田がぼくの顔を見た。おばあちゃんが、お菓子の入った容れ物を手にして入って来た。

「せんべいあるから食べ」

「うん」

神永が受け取った。

「サイダー飲むか」

おばあちゃんがいった。

「飲む？」

神永がぼくらに聞いた。ぼくらはうなずいた。

「うん飲む」

神永がおばあちゃんにいった。

「あんたは昔からサイダー好きやったからな、買うといたんやで」

とおばあちゃんはいい、出て行った。長田はもうせんべいを食べていた。

「しめってる」

三上がいった。

「黙って食えや」

長田がいった。神永は何もいわない。遠くで大きな物音がした。神永が出て行った。

「何できよしちゃんなん」

三上がぼくに聞いた。

神永のおばあちゃんはサイダーの瓶とコップを落として割ってしまっていた。

「大丈夫？」

神永がいった。おばあちゃんは割れた瓶とコップと、こぼれて泡をたてているサイダーを見ていた。三上はほとんどせんべいを食べてしまった。

「おとん、きよしていうんや」

「神永きよしやて」

「うん」

長田が笑った。

「漫才師みたいやな」

「お前のんが漫才師みたいやろ。長田せんた」

三上がいった。

「せんた、って名前誰がつけたん」

「おとん」

長田がいった。

「嫌すぎて死ぬわ」

「そうなんや」

「嫌やろ、せんた、て」

三上とぼくが笑った。

「ケン、とかがええよな」

「長田ケン？」

三上がいった。

「うん」

「地名やん」

「住所どこですか、長田ケンです」

ぼくがいった。

「長田ケンてどこ」

「知らん」

「そんな県ないやん」

「ない？」

三上がいった。

「転校するん？」

長田がいった。

「わからん」

神永がいった。

おばあちゃんが入ってきた。

「庭の木にみかんがなってるわ」

僕たちは見に行った。庭には何本もの木があったけど、どこにもみかんなんかなかった。

「まだ青いけどな、ここのみかんは甘いからな、みんなで食べ」

ぼくらは何もいわなかった。

「あんたはそこで生まれたんや」

おばあちゃんが神永にいった。おばあちゃんが指さした場所は四本の木に囲まれた、少し盛り上がった、小さな山だった。

「その下の防空壕《ごう》でな」

神永はその山を見ていた。

「えらいときに産気づいてもて。飛行機はそこら中に爆弾落としはるし、わたし忘れへん」

木の枝に小さな鳥が止まって鳴いていた。

「まさるさんとこは、奥さん元気？」

おばあちゃんがぼくにいった。長田が目を丸くしてぼくを見た。ぼくはまさるじゃない。

「きれいな奥さんやもんねぇ」

おばあちゃんがいった。

「まだピアノやってはんの？」

おばあちゃんがぼくの顔をのぞきこんだ。長田と三上がぼくを見た。神永は庭の木を見ていた。

「はい」

ぼくはとても小さな声でいった。

「そらよろしいわ。また聞かせてほしいわぁ」

おばあちゃんはいった。

「泊まって行けや」

駅前のそば屋で神永にカレーをおごってもらっているとき、神永がいった。

「うん」

ぼくはすぐにいった。

「やった」

長田がいった。

「何か寝巻きある?」

三上がいった。

「そんなんいらんやん」

長田がいった。

「いんねん」

三上がいった。

「ジャージでええ?」

神永がいった。

「サラはあかんで。ゴワゴワするから」

三上がいった。

「赤いやつあるわ」

いつも神永が着ていたやつだ。今は着ていない。今は白いセーターを着ていた。

ぼくたちは神永の部屋に二つ布団をしいて、横になってたばこを吸っていた。たばこはおばあちゃんのだ。それは見たことのない、緑色の紙の箱じゃない、四角い袋に入った、こうもりの絵のついたやつで、短くて、苦くて、まずかったけど、ぼくはそのこうもりの絵が気に入った。

「昔のたばこかな」

「今も売ってんで」

「神永とこの裏のじじい生きてるかな」

「知らん」

「原爆見たんやろ?」

三上がいった。

「誰が?」

神永がいった。

「あのおじん」

「知らん」

「え。いうてたやん」

「いうてないわい」

「いうてたやん」

と三上はいい、ぼくらに

「いうてたよな」

といったけど、ぼくと長田は聞いたおぼえはないので
「ううん」

といった。

「うそやん」

三上はいった。

「絶対いうたって」

「なあ」

長田がいった。

「げんばくて何」

「え、お前、原爆知らんの?」

三上がいった。

「何。げんばくて」

「原爆いうたら原爆やん。爆弾やん」

「爆弾?」

「そうやん。めっちゃごっつい爆弾やん」

「そうなんや」

「なろたやん」

「俺はなろてない」

「なろてるわ」

「いいや。俺はなろてない」

「昨日な」

　ぼくがいった。

「シッミンがな」

「清水？」

　神永がいった。

「うん。シッミンがな、廊下でな、ゲンゾウとな」

　ぼくは笑い出した。そのときのシッミンとゲンゾウがおかしくて、思い出しただけで笑って話せなくなってきた。

「エブリっ！　いうて」

「え？」

「エブリ？」

「そう、わはははは、エ、わはははは、エブリ、わはははは、いうて、飛んでん」

「何やねん全然意味わからへんやん」

　そういった神永もつられて笑っている。

「エブリて何やねん」

「知らん、わはははは、わからんけどエブリ、いうて、ぎゃははははは、飛ぶねん」

「何やねん」

まさしの兄貴は病室でテレビを見ていた。まさしもいた。鼻に大きな絆創膏が貼られていた。さっきまで二人のお姉さんがいた。テレビではまさしの好きな女の歌手が歌っていた。

「こいつまだ好きなん?」

兄貴がいった。

「うん」

まさしがいった。

「どこがええねんこんなブタ」

隣のベッドの男の人が大きな音をたててタンを吐いた。ゴミ箱にいつもその人はタンを吐いた。兄貴はそれがすごく嫌だったから、みけんにしわをよせた。

まさしの兄貴は電話を出そびれた事務所をやめさせられていた。まさしは兄貴の小指が取られるんじゃないかと、ここへ来るたびに兄貴の小指を見ていた。だけど小指はまだあった。しかし油断はできない。

「お前」

三上がいった。

「斉藤と付き合うてるらしいやん」

「何で知っとん⁉」

長田がからだを起こした。

「みんな知ってるわ」

三上がぼくを見た。ぼくは知らない。

「知らん」

「ちんぽに毛ぇはえてるやつはちゃうなぁ」

三上がいった。三上はまだはえていない。そのことを少し前、四人で風呂屋に行ったとき、長田にしつこくからかわれた。ぼくは少しはえてきていた。神永ははえていた。

「なぁなぁ、何で知っとん」

長田がいった。

「映画館でサッちょんが見てんて」

サッちょんというのは三浦幸子で、学校でいちばん太っている女子だ。

「サッちょんが⁉」

長田がいった。

「何やねんあのブタ」

長田は掃除係をサボっていてサッちょんにビンタをされたことがある。一年のときだ。

「彼女おるんや」

神永がいった。長田が黙ってうなずいた。

「彼女おるんや」

ぼくがいった。

「二回続けていわんでええわ」


歌が聞こえてきた。

「おばあちゃんかな」

おばあちゃんだった。おばあちゃんはその歌がはやっている時代にいた。若い娘としていた。

高いビルはどこにもなくて、兵隊の格好をした男の人が普通に歩いていた。おばあちゃんは着物を着ていた。その着物はお母さんからもらったものだった。近所の金物屋で働く神永という若い男の人が、その着物をほめた。それ以来おばあちゃんはずっとその着物を着ていた。

「知らん歌や」

「俺知っとお」

長田がいった。

「何とかの宿や」

その日の朝の新聞に戦争という字をおばあちゃんは見つけた。嫌だなあと思ったけど、ちゃんと読んでいないし、口にするとお父さんに怒られそうな気がしたので黙っていた。

空は夕方に向かっていた。雲がピンクで、おばあちゃんはとてもきれいだと思って見ていた。市電が向こうから近づいてきた。たくさんの人が乗っていた。男の人はほとんどが帽子をかぶっている。

神永は目を閉じていた。寝てはいない。

下駄をはいた男の子がおばあちゃんの目の前にいた。

「おかあちゃん」

その子はいった。

「探しててんで」

その子はおばあちゃんをにらんだ。

「ごめんな」

おばあちゃんはいった。おばあちゃんが黙って家を出てきたことをその子は怒っていた。おばあちゃんはそのままどこかへ消えてしまう気でいたのだ。着物をほめてくれた神永という人は、結婚してしばらくすると、酒を飲んではおばあちゃんを殴った。おばあちゃんはそれがとても嫌だったし、怖かったけど、誰にもいえず、我慢をしていたのだけど、ゆうべまた殴られて、朝起きてすぐに家を出た。

「電気消そか」

三上がいった。

あたりは空襲で焼けて何もなくなっていた。おばあちゃんが好きだった赤く塗られた橋も焼けて落ちていた。だから川の向こうへは、ずっと下流へ向かわないと渡れなかった。

船が来た。小さな船だ。男の人がろを動かしている。

「乗るか?」

男の人がいった。おばあちゃんは黙っていた。橋のあるところからずいぶん歩いて来てしまっていた。河原に黄色い花がたくさん咲いていた。菜の花だ。

「乗らへんねんやったらおっちゃん行くで!」

男の人がいった。男の人には河原の菜の花の中に立つ小さな女の子が見えていた。船と一緒に男の人が小さくなって行った。

長田がすぐにいびきをかきはじめた。三上が笑った。

からすが鳴いた。突然おばあちゃんは心細くなって来た。

電気を消した部屋の中でぼくは目をあけていた。神永はまだ寝ていないのがぼくにはわかっていた。よその家のにおいがしていた。どこかでかいだことのあるにおいだった。だけどぼくにはそれがどこだったか思い出せない。神永の家だ。ぼくが神永になりあの家にいたときにかいだにおいだ。

「起きてる?」

神永がいった。

「うん」

ぼくがいった。神永はからだを起こして、ガサガサと音をたてた。そして
「これ」

とぼくに小さな紙袋を渡してきた。中には細く短い棒のようなものが四本入っていた。

「えんぴつ。もうすぐ誕生日やろ」

神永がいった。

「ありがとう」

ぼくは小声でいった。ぼくは長い間、そのえんぴつを使わずに持っていた。そしていつの間にかなくした。なくしたことも忘れていた。忘れている。だけど神永にもらったことは忘れていない。

「まさし、しばいたってん」

ぼくがいった。神永が笑った。

「鼻折ったった」

「兄貴生きとん」

「生きてる」

「ふうん」

「やくざやめたらしいで」

「やめさせられたんやろ」

神永は笑った。

「俺、たぶん転校するわ」

神永がいった。

「ほんま」

ぼくがいった。

長田がからだを起こした。ぼくと神永はそれを見ていた。長田は立ち上がり、部屋を出て行った。

「何や」

神永がいった。ぼくと神永はあいた戸から顔を出して音を聞いていた。何も聞こえなかったけど、少しすると、玄関の戸があくのが聞こえた。ぼくと神永は顔を見合わせた。

「出て行ったんかな」

「何で」

「見て来るわ」

神永がいい、部屋を出て行った。

長田は自分の家の廊下にいた。しかし廊下はいつも見るものよりずっと長かった。

「おかしいなぁ」

長田は思っていた。便所まで遠いがな、そう思っていた。

ぼくは電気をつけた。三上は電気に反応もせず寝ていた。

三上はとても明るい広場にいた。たくさんの黒人がサッカーをしていた。三上もまじりたいけど、まぜてもらえそうになかった。

長田は小便が我慢できなくなってきた。だけどまだ廊下は続いている。便所まで持ちそうにない。間違いなく後で叱《しか》られるけど、漏《も》らしてしまうよりましだと長田は考えた。こういうところが長田はバカだ。漏らそうと、廊下で小便をしてしまおうと、どちらにしても叱られる。長田はちんこを出した。たくさんの毛がはえていた。三上がからかった毛だ。長田はほんとうはこれが嫌で仕方がなかった。誰にもいってなかったけど、はえかけたとき、その都度抜いた。だけどはえてくる速度と力の方がずっと強かったから、抜いていたのに、気がつけばあっという間にはえそろってしまっていた。長田は毛を上から見ていた。長田にはまだ見慣れないものだった。風呂屋でよく見るおっさんのちんこと変わりがなかった。

三上は一人で広場から出た。誰もいなかった。家に帰りたいのだけど、家がどっちかがわからなかった。道を聞こうにも誰もいない。広場の黒人に聞いても三上の家なんてたぶんどの人も知らない。それに言葉がわからない。

「どないしよ」

三上がいった。寝言だ。

ぼくは三上を見た。

「何て」

とぼくはいってみた。三上はもう一度
「どないしよ」

といった。大きな音がして神永が戻って来た。

「来てん来てん」

と神永はいい、また出て行こうとした。ぼくは意味がわからず神永の後をついて出た。

神永は家の前の道の先を手で指していた。そこに長田がいた。長田は裸足で、ズボンを
ひざまで下げて、自分のちんこをじっと見ていた。

「何しとんあいつ」

ぼくがいった。

「知らん」

といって神永は
「長田！」

と声をかけた。だけど長田は気がつかない。

三上は広場の外に出て、大きな川に突き当たり、渡れなくて困っていた。

ぼくたちは長田に近づいた。長田はじっと自分のちんこを見下ろしながら、ときどき
手で毛を触っていた。

「長田」

神永がもう一度声をかけた。

おばあちゃんは泣きながら土手を歩いていた。遠くに海が見えていた。

「おい」

と神永が長田の肩を叩いた。

「ん」

と長田が振り向いた。

「何しとん」

ぼくがいった。

「何が」

長田がいった。

「外やで」

ぼくがいった。

「いやちんぽがな」

長田がいった。

「おっさんみたいで嫌やねん」

長田はとても悲しそうな顔をした。神永とぼくはひざまでズボンをおろした長田を見ながら
「うん」

といい

「でもここ外やから、家戻ろ」

といった。

三上は川を渡りたくて、だけどどうして良いのかわからなくて、右へ歩いたり、左へ歩いたりしていた。それでも橋らしきものは見えなくて、途方に暮れて、河原にしゃがみ込んだ。河原にはたくさんの石があった。三上はその石の一つを拾って、川へ投げた。向こう岸を誰かが歩いていた。子供だった。女の子だった。三上はその子をずっと見ていた。女の子は三上から見て左へ向かって歩いていた。三上が立ち上がり、その方を見ると、海が見えた。

おばあちゃんは泣きながら歩いていた。だけど声を出してはいなかった。声を出さずに、涙だけ流しながら、そしてそれをときどき拭いて、海へ向かって歩いていた。海へ行けばお父さんに会えると思っていた。おばあちゃんのお父さんは釣りが大好きだった。今日は天気が良い。必ずお父さんは海のどこかで釣りをしている。お父さんさえいればもう大丈夫だ。

「おばあちゃんちゃうん」

三上は口にしていった。川の向こうを歩く女の子のことを三上はいっていた。おばあちゃんなら大変だ。あのままはぐれてしまったら見つけられなくなる。神永に教えてあげなきゃと三上は思ったけど、どうやって神永に知らせたら良いのかわからない。

突然長田が
「さむっ」
といった。そしてひざまでおりたズボンを見て
「わ」
と引っ張り上げた。そして
「自分ら何しとん」
といった。
「お前が寝ぼけてこんなとこ来るからやん」
とぼくがいい、神永が笑い
「帰ろ」
と家に戻って、玄関に入った時、神永が、おばあちゃんの寝ている部屋の戸があいているのに気がついて
「あれ」
といい、おばあちゃんの部屋をのぞいた。ぼくと長田も続いてのぞいた。おばあちゃんがいなくなっていた。
「おばあちゃん」
神永が声を出した。だけど何の返事もどこからもしない。家中三人で探したけど、おばあちゃんはいなかった。

「えらいこっちゃ、やろ?」

と長田がいった。

「探しに行こ」

とぼくがいった。

「うん」

と神永がいって、ぼくたちは着替えに神永の部屋へ戻った。部屋に入った途端、三上が目をさまし、神永を見て
「良かった!」

といった。

「何が」

と神永がいうと、三上は
「おばあちゃん、海の方へ行きよったで」

といった。

ぼくたちはまず、外へ出た。そしてそれから、まとまって探した方が良いのか、バラけた方が良いのかの相談をした。三上のいっていたことをぼくたちはまだ真に受けていない。まず長田は
「バラけん方がええんちゃう」

といった。すると三上が
「そらバラけた方が良い」

といった。神永は？　と三上が聞くと
「バラけんのは良いけど、例えば三上がどっかで見つけたとして、ここへ戻って来れる？」

といった。

「わかるやろ」

と三上はいったけど、三上にはここらの土地勘はひとつもない。それに三上はものすごい方向音痴だ。

「そんなんいうたら、俺らもやん」

と長田がぼくを見ながらいい
「な、やっぱりバラけん方がええやん」

と続けていった。

「でもなぁ」

ぼくがいった。

「一つになって探すより、四つになって探す方がそらええよな」

「だからいうてんねんわしは」

「でもお前音痴やん」

「音痴ちゃうわ。普通に歌えるわ」

「その音痴ちゃうやん。わかるやん。方向音痴いう意味やん」

「ほなそういえや！」

「邪魔くさいやん！」

「探そ」

ぼくがいった。

「探すわいや！　それをどないしてやろかいうとんやろがい！」

三上が怒鳴った。

「何切れとんねん」

長田がいった。

「切れてないわい」

「切れてるやん」

「切れてない！」

「長田、ここら何となくわかる？」

神永が長田にいった。

「たぶんわかる」

長田がいった。

「ほんな、長田と篠田で、あっち」

と神永は玄関を出て左を指して
「探して」

といい
「三上は俺とあっち探そ」

と右を指した。

ぼくと長田は黙って歩いていた。夜中だったので誰も歩いていない。ここは駅からも遠いので、とくにそうだ。電信柱と、電気の消えた家がいくつもあった。坂もなく、目印になるような建物もなかったので、ぼくらは迷わないように注意して歩いていた。

「おらへんなぁ」

長田がいった。

「おばあちゃーん、とか呼んだ方がええんちゃう?」

長田がいった。

「うるさいか」

長田がいった。

「夜中やしな」

長田がいった。

「何かいえや!」

長田がいった。

「うん」

ぼくがいった。

神永は小走りで探していた。三上も必死について行くのだけど、疲れてきた。でも「疲れた」とは神永にはいえない。神永には自分のおばあちゃんだ。三上だって探しているのが自分のおばあちゃんならそうなる。だけど三上にはおばあちゃんはいない。三上の生まれる前に死んだ。三上は小走りでおばあちゃんを探す神永の後ろ姿をいつまでもおぼえていた。ずっと年をとったとき、何かの拍子にそれを思い出した。そしてそれを思い出すたび、少しかなしい気持ちになった。そして必ず神永はそういうのを嫌うやろな、と思った。事実、嫌う。

ぼくたちはまたおばあちゃんの家の前にいた。おばあちゃんはどこにもいなかった。神永はあわてていた。ぼくらはそうでもなかった。三上と同じで自分のおばあちゃんじゃないからだきっと。そのときだ。三上のいっていたことをぼくが思い出したのは。

「何いうてたっけ」

神永がいった。ぼくは思い出したのに、三上が何といっていたのかを忘れていた。

「思い出せや」

長田がいった。

「お前も思い出せや」

「俺は寝ぼけてた後やから無理やわ」

「海や」

ぼくがいった。

「海ていうてた」

三上がしばらくぼくの顔を見て、ゆっくりと
「うん。俺、いうたわ」

といった。


おばあちゃんは海にいた。おばあちゃんには何本もの松の木が見えていた。だけどぼくらに松の木は見えなかったから、それを目指すことはできなかった。ぼくたちが海に出たとき、もう空は夜が終わろうとしていた。鳥たちの声が聞こえていた。海の鳥だ。海の遠くが薄く明るくなりかけていた。大きなコンテナがいくつも並んでいて、ぼくたちがキリンと呼んでいた、コンテナをタンカーに載せたり降ろしたりする大きな鉄が七つ見えていた。タンカーはいない。波は全然なくて、岸壁のへりまで行かないと海の音はしなかった。おばあちゃんにも波は見えていない。

「おらへんなぁ」

長田だ。

おばあちゃんにもお父さんの姿は見えていない。いつもいる場所にいないのだ。おばあちゃんはここでお父さんを見つけられないと、一人で家には戻れない。岬の先が見えていた。もしかしたらお父さんはそこにいるのかもしれない。一度だけあそこへ二人で行ったことがあるのをおばあちゃんは思い出した。だけどあんな遠くまで歩けるだろうか。でもまだ朝だ。大丈夫だ。暗くなったりはしない。

太陽はもう海のすぐ下まで来ていた。もうちょっとだけ地球が動いてくれれば姿が見える。

きよしが刺青を入れて帰って来た日をおばあちゃんは忘れない。かくしていたのにおばあちゃんはわかった。すれ違うときに、肩に色が見えたのだ。きよしは顔も変わっていた。だけどかたちは変わらない。

ぼくたちはどこをどう探せばいいのかわからなかったから、とにかく海沿いを、岸壁のへりをとにかく歩いた。ここらは

「岬」

と呼ばれていたけど、どこがどう岬なのかよくわからない。というか、岬というものがどういうものなのかぼくたちはよく知らない。長田は岬という字も書けない。

「みさき?」

「うん」

「サンズイやろ」

「ちゃうわ」

「何で。海とかのあれはサンズイちゃうん」

「海とかのあれって何」

「海的なもんのこと」

「海的なもんて何やねん」

「浜とかやん」

「後は」

「波」

「後は」

「津波」

「それ波やん」

「ちゃうわ。波と津波はちゃうわ」

「一緒じゃ」

「後は」

「台風」

「サンズイないやん」

神永はしゃべらなかった。

おばあちゃんが突然立ち止まった。自分がどこにいるのかわからなくなってしまったのだ。家にいたことはおぼえていた。神永がいたこともおぼえていた。何日か前から来たのだ。なのに自分はこんなところにいる。ここはどこだろう。音がした。音のする方へおばあちゃんは歩いた。そのとき太陽のはしが遠くで光った。海だ。

「朝日やん」

長田がいった。

「すごいな」

「拝《おが》も」

と手をあわせた。

「アホか」

三上がいった。

「おらへんな」

神永がいった。

「ここちゃうんかな」

誰も返事をしない。

男の人がいた。男の人は竿《さお》を手に、海を見ていた。傍に置いたビクには魚は一匹も入っていない。男の人の友達が二日前に死んだ。男の人が病院へ着いたとき、もう死んでいた。男の人は泣かなかった。あれから二日経つのに、まだ泣いてなかった。涙も出て来なかった。ゆうべからずっとここにいた。自転車に乗ってここへ来た。とても遠かったけど、別に良かった。なるべく遠くが良かった。男の人の友達は子供のときからの友達だった。大人になるまでの間に、何年か会わなかったときはあったけど、友達だった。小さいときはずっと一緒にいた。その人だけじゃなかった。いつも後二人いた。だけど二人とは、高校、それから一人は大学へ行ってから、会わなくなり、まったく会わなくなってしまっていた。

死んだ友達は笑っているように見えた。事実、笑っていた。

「遅いねん」

と笑っていた。

「まあでも来てくれてありがとう」

と笑っていた。

隣に女の人がいた。友達の奥さんか、恋人か男の人は聞きそびれてわからなかったけど、この人が連絡をくれた。マリといった。男の人はその人をどこかで見たことがあると思えてならなかったけど、思い出せなかった。

「もうちょっと起きて待っといてくれたら良かったのに」

と男の人は友達にいった。

「聞いてると思うけど、どっかそこらで」

男の人は友達から目をはなし、天井のあたりを見た。マリがそれを見ていた。男の人はそれに気がついて
「幽霊とかいうとんとちゃうで」

といった。マリが笑った。

「あれ」

男の人が、寝ている友達のパジャマをめくった。

「何や。こいつも墨入れとら」

そして笑った。

「わたしが会うたときはもう入れてました。入れんかったら良かったていっつもいうてましたけど」

「ほんま」

それは花の絵だった。

「知らんかったなぁ」

「かくしてたんちゃいますか」

この花は見たことがある。どこでだか男の人は思い出せない。

葬儀屋は、葬式は来週になるといった。焼き場も含めていっぱいなのだといった。だからそれまで友達は冷凍庫に入れられることになった。

「寒いか」

冷凍庫に入れられる友達に男の人はいった。

「寒ないか」

男の人が笑った。マリも笑った。

「帰りはるんですか」

葬儀屋を出たところでマリがいった。

「うち来ませんか」

「ああ、ええで」

そこは小さなマンションの部屋だった。リビングと他に二つ部屋があった。ものはあまりなかった。友達の部屋をマリは見せてくれた。ここにもほとんどものはなかった。壁に、古い映画のポスターが貼られていた。男の人は思い出した。このポスターを昔、友達の部屋で見た。

「これ見たことあるわ」

「ほんまですか？」

「うん」

「この人も死にはって」

「死んだなぁ」

その後、二人で店屋《てんや》ものを取り、男の人は親子丼を、マリはきつねうどんを食べ、ビールを飲んだ。それから友達が飲んでいたという飲みかけのウイスキーを二人で飲んで、なくなるまで飲んで、朝まで男の人はそこにいた。

男の人はここへ来たときから、していたにおいを思い出した。それは夢の中で見た友達の家でのにおいと同じにおいだった。そして友達がしばらく住んでいた、友達のおばあちゃんの家のにおいと同じにおいだった。

魚はまったく釣れなかった。引きもしなかった。


おばあちゃんはお父さんを見つけた。やっぱり岬の先にいた。


「エサついてないんとちがう?」

見ると横におばあちゃんがいた。

「え」

「エサ」

男の人は上げてみた。

「ほんまや。ついてない」

男の人が笑った。おばあちゃんも笑った。

「ちゃんと見な、お父ちゃんいっつもそうやん」

おばあちゃんがいった。男の人はしばらくおばあちゃんを見て
「ほんまやな」

といった。

「名前、何いうん」

男の人がいった。

「え？」

おばあちゃんがいった。

「何いうてんの？　トシ子やんか。私の名前忘れんといてよ」

「そうやな」

「いややわぁ」

「トシ子や。そうや」

男の人は笑った。おばあちゃんは笑わない。

ゴォーと音がした。風だ。だけど二人に風はなぜか強くは当たらない。

カモメが飛んでいた。おばあちゃんは飛んでいるカモメを見上げていた。カモメは飛びながら、その場に止まっていた。進んでもいなかったし、下がってもいなかった。

「何で？」

「風や」

「風？」

「ああ、風に乗ってんねん。タコみたいなもんや」

「ふうん」

　カモメは海面を見ていた。カモメには水面下すぐのところにいる魚が見えていた。

　マリには弟が二人いた。上の弟はけがをして入院していた。かなりのけがだったけど、しばらく入院していれば元に戻ると医者はいったし、外にいるより良い。外にいればどうせまた悪いことをする。下の弟はまだ中学生だ。上の弟、下のにとっては兄貴だ、に憧れているからマリは心配だった。

「まあな」

　男の人はいった。

「男の子やしな」

　男の人はウイスキーをほとんど一人で飲んでいた。水みたいに男の人はウイスキーを飲んだ。こんな飲み方をしていたらからだをこわしてしまう。

「お酒、強いんですね」

「え？　いや」

　と男の人は笑った。

「もうちょっと早くにわかってたらなぁ」

「え」

「いや、ちょっとぐらい話できたのになぁ」

「あんな早い思わんかったから、連絡して、来てくれはる、いうた次の日に死ぬて思わへんからね」

「まあそうやな」

「ほんまに死んで直後に来はったから」

「ほんま」

「一分ぐらい」

「そんなことないやろ」

男の人は笑った。

「俺行ったとき、もうきれいにしてもーてたやん。病院の人にしてもろたんやろ?」

「はい」

「一分であないきれいにならへんやろ」

「そうか」

マリは笑った。

「あ、そうや」

とマリが引き出しから一枚の写真を出してきた。男の人が見るとそこに四人の男の子たちが写っていた。

「あー、これおぼえてるわ」

男の人が右から二番目をさして
「これ、な」

「はい」

「ほんでこれ、俺」

とその右隣の男の子をさした。

「何か知らんうちに、あそこへ入ってて」

とマリは引き出しに顔を向けた。

「へえ」

「良かったらそれ」

「ええの？」

「わたしが持っててもしゃーないし」

「ほなもろとくわ」


「さむい」

おばあちゃんがいった。

「これ着とき」

男の人が上着をぬいでおばあちゃんにかけた。

「さむないの？」

「さむい」

　おばあちゃんが笑った。

「これ着とけや」

　きよしがいった。

「わたしいらん。あんた着とき。風邪ひくから」

「俺暑い」

　ときよしはいい、上着を投げた。おばあちゃんはそれを受け取って、肩にかけた。裁判所の帰りだった。家庭裁判所だ。もう何度もおばあちゃんはきよしを連れてここへ来た。

　二人は無言で歩いていた。おばあちゃんはもうどうして良いかわからなくなっていた。こうしているときはとてもきよしは優しいのに、何かの拍子に暴れて人を傷つける。今回もそうだ。よその学校の生徒を切り出しナイフで切ったのだ。切り出しナイフはおばあちゃんが買い与えた。鉛筆削り用に。それできよしは人間を切った。たいした傷ではなかったけど。きよしの父親は、神永は、去年死んだ。下の子のこうじはまだ小さかった。三人で死のうか、とおばあちゃんは思ったりもしたことがあった。だけどできなかった。よくそんな話を聞くけど、あんなことはなかなかできることじゃない。子供とはいえ二人を引き連れて海なり線路なりに飛び込むのは簡単じゃない。それに海は無理だ。三人とも泳ぎがうまい。だいたい、一家心中なんてひどい話だ。死ぬなら自分一人が死ねばいい。だけど一人なのなら死ぬ気はおばあちゃんはなかった。それだと意味が違う。

男の人は何度もおばあちゃんに呼びかけていた。しかしおばあちゃんは遠くを見ているだけで返事をしない。

ぼくたちは突堤の先まで来ていた。それが岬なのかどうなのかはよくわからなかった。大きな船がそう遠くない場所にいた。外国の船だ。

「何でわかるん」

そういわれれば自信はない。

「ポリにいうた方がええんちゃうん」

長田がいった。そうかもしれない。これだけ探して見つけられないなら警察に行ってお願いするしかもう方法を思いつかない。しかしぼくたちは警察が大嫌いだ。

昼はすぎていた。お腹もすいていた。寝てないから眠たかった。

「これ一回戻ってあれした方がええで」

三上がいった。

「あれて何」

長田がいった。

「あれいうたらあれやんけ」

「あれでわかるかい」

「うっさいボケ」

「何こら」

ぼくたちは疲れていた。


男の人がおばあちゃんを連れてぼくたちの後ろにいた。


ぼくたちはびっくりして立ち上がった。疲れて下に座っていたのだ。

「神永やろ」

男の人はいった。神永は男の人をじっと見ていた。

「おばあちゃん」

おばあちゃんはぼくたちの誰とも目を合わさず、遠くを見ていた。神永がおばあちゃんの手をそっと取った。

男の人はぼくたちをじっと見ていた。そして
「お前ら、顔色悪いぞ」

といった。たぶん寝てないからだ。

て、海の方へ歩いて行こうとしていた。

「我慢しぃ！」

おばあちゃんがいった。

「あんたと一緒にわたしも死ぬから！」

ぼくたちはあわてて、二人を止めた。おばあちゃんはすごい力で、なかなか止められなかったけど、やっとのことでぼくたちは止めた。

「わあーーー」

おばあちゃんがしゃがんで泣き出した。それはものすごい泣き方で、子供のようではなくて、大人のすごい泣き方で、ぼくも三上も長田も、そして神永も、どうすることもできなくて、泣いているおばあちゃんを見ていた。

「ごめんな！」

おばあちゃんが神永にしがみついて、また泣いた。

「あんまりやんちゃしたらあかんぞ」

男の人が神永にいった。

「雨や」

「帰って寝ぇ」

「痛い痛い」

と神永が声を上げた。ぼくたちが見ると、おばあちゃんは、神永の手をきつくにぎっ

長田がいった。いつの間にか空は曇っていて、太陽も見えなくなっていた。そして雨はどんどん強くなり、海にも、突堤にも、ぼくらの上にも、おばあちゃんの上にも降ってきた。

「あそこ入れ」

男の人がいった。男の人はコンテナを指していた。そこまでおばあちゃんをみんなで走らせて行くと、戸があいていて、中に入れるようになっていた。

「ここでしばらく雨宿りしてから帰れ」

男の人はいった。そして
「みんながんばれよ」

といい、ぼくの顔を見て
「な」

といった。


帰りの電車でぼくたちはほとんどしゃべらなかった。ぼくは窓の外に見える景色を見ていた。昨日はあのまま雨が止むまでコンテナにいて、かわりばんこにおばあちゃんをおんぶして、帰って、風呂に行って、また神永のおばあちゃんの家に泊まった。神永のお父さんの弟とその奥さんとが来て、神永といろいろと話をして、神永がぼくたちのいる部屋へ戻ってきてからも、下で二人は話していたけど、ぼくたちはすぐに寝てしまい、起きたらいなかった。

夕方の色に染まった街が、遠くに工場が見えていた。


神永は駅までぼくらを送ってくれた。ぼくらは駅までの道をたばこを吸いながら歩いた。途中、中学生らしきやつらと何度かすれ違ったけど、誰もぼくらに目を合わせてこなかった。

「あれ何中？」

神永がこたえた。

「神永やったら屁ーやな」

「あ、そうや」

長田がいった。

「カメラあんねん。写真撮ろ」

と小さなリュックから長田がカメラを出した。

「おとんのん借りてきた。はいみんな並んで」

ぼくたちを並ばせて、長田がカメラをかまえた。

「お前写らへんやん」

「後で誰か代わって」

そして一枚撮った。

「ほな次誰か撮って」

ぼくが撮った。

「四人で写されへんかな」

「タイマーあるんちゃうん」

「何それ」

「貸してん」

と三上がカメラをいじくり出した。

「こわさんといてよ」

「こわさへんわ」

「これちゃうかな」

と三上が何かをさわった。すると、ジー、と音がして、しばらくして、パシャ、っとシャッターを切る音がした。

「あ、変なん撮んなや」

長田がいった。

「しゃーないやんけ。これや。これして、どっか置いて、撮ったらええねん」

「あそこは?」

バス停のベンチがあった。長田がカメラをそこに置いて、かがんでのぞきながら
「もっと低く! 低くやって、それやったら頭写らへんやん」

「めっちゃかがんでんねんけど」

三上がいった。

「しゃがんだらええんちゃうん」

神永がしゃがむと
「あかんやん、それやったら頭しか写らへんやん」

そして結局、とても低い中腰にぼくたちはなり、写真を撮った。


「ほなまた」

「おう」

「またすぐ来るわ」

「俺も行くわ」

「何かある？」

「何かって？」

「伝言的な」

「誰に」

「知らん。誰かに」

「そうやなぁ」

神永は考えて

「まさしに会うたらな」

「うん」

「切ったん忘れたるから、鼻折られたん忘れろ、いうといて」

「わかった。他は」

「ない」

「何やこら」

ジャージをずり下げてはいた中学生らしきやつらが五人、ぼくたちを少し離れたところから見ていた。

「何がじゃ」

向こうの一人がいった。

「お前ちょっとこっち来てみ」

三上がその一人にいった。五人が歩いて来た。

「もうちょいこっち来いや」

「何でや」

「何やびびっとんか」

「何ぃ？」

近づいてきた。三上は距離をはかっていた。一番近くにいたやつの顔をカメラを振り回して殴った。勝負は以上。

「散れ！」

と三上がいうと、五人は何かごにょごにょいいながらいなくなった。

「何でカメラ使うねん！」

長田が怒った。

「俺に持たせてるからやん」

「俺持つわ！」


それからもう少しだけぼくらはそこにいた。さっきのやつらが仕返しにきたとき、神永を一人にはできない。

バスを七台数えた。

自動車は、たくさんだ。

人も、たくさんだ。

鳥の鳴き声が耳に聞こえはじめた。駅前に小さくもなく大きくもない木が何本かあった。そして見ていると小さな鳥がそこへ出たり入ったりしていた。

「あれやあれや」

ぼくがいった。

「何」

長田がいった。

「鳥が会議しとんねん」

ぼくたちは木の下にいた。

「な」

ぼくがいった。

「ほんまや」

神永がいった。


「ほな、いのか」

三上がいった。

「ほなな」

長田がいった。

「ほなな」

ぼくがいった。


神永は何もいわず、ぼくらが見えなくなるまでずっとぼくらを見ていた。

鳥のらくご

ここどこ

何も見えへん。何も聞こえへん。声も出されへん。出せたら聞こえるやろ。いや待てよ、出してても聞こえてないという事もなくもないか。なくもないな

まあいずれにせよや、そんなとこで、どこやわからん知らんとこで、知らんとこで、どこの誰や知らん、わし、わし以外の、わし以外の誰かにもわかる、わかる、何や

あれや

あれやがな

何ちゅうんやったかな。ほれ、簡単なあれや

かんたんなあれ

かんたんな

ここまで出かかってる。のどまで出かかってる。何べんも口にしたんやわしは！　それを！　今もしてる。今もしてんねん。今もしてるこのことを、これのことを、わしは言いたいんやが、これをいったい何て言うてたのか

この、これ、これ

こ、と、ば

ことばや、言葉

それ

それをあれして、あれしようと、伝えようと、このどこやわからん、知らん、とこの、あれを、いろいろを、言葉で、あれに。それ以外にないやろ。それ以外のもんで、伝わ

る何かあるか？　ないやろ。それ使わな伝わらんやろ

あるけどな

あるけど、あるそれを、あれするのはむつかしいな。そもそものそれが、それ、それを、それが、な

伝える

つたえる

何や伝えるて

伝えることなんかあんのか。何のどこを、何の何が何に、伝える？　もしほんで、伝わったとして？

何でしゃべる

何でしゃべるん？　何でしゃべっとん？　わしは、わしの、わし、誰。わし誰

暗いなぁ。真っ暗や。何にも見えへん

何か

何か、それは壁のようなものの事をわしは言うておるのだけども、壁のようなもの、という言い方しか思いつかへんからわしはそう言うておるだけで、それが壁なのかどうなのかは知らん、わかりようがない、とにかくそういうものが、壁のようなもんが、壁のようなものがとわしは言いながら、わしはしかしその、壁のようなもの、というか、壁、をあんまりはっきり思い浮かべられてないねんけどな、何にせよそれが、壁のようなもの、壁、と言うてるそれが、わしの間近にあるのを、あるのはわかる。もちろんさわられへん。さわられへんのはさわろうとしてみてわかった事で、そりゃそうや。さわってみようともしてないのにそれにさわられへんてどないしてわかんねん

わかる

わからへん

はうわうわー、はうわうわー
ははうわうわうわわー、うわうわうわうわははうわわー

上へな

上へ向いておるらしいことはさっきから感じてるんや。しかしそれはかなり適当。てきとー。何を根拠に上を向いておるとわしが言うておるかというと、顔の向いておる方が上という事にして、とにかくそんなような程度のあれで、上、とわしは言うておるだけで、実際にはわからん。上向いとんか、下向いとんかどっち向いとんか実際にはな、わからへん実際には

実際。けっ

だる

だるいわ。常にだるいわ。何をどないしてもだるい。何をどないにもできひんねんけどだるい。だるだるや

誰か息の根止めてくれへんかなぁ

いや待てよ?

もしかしたらわしの息の根はもう止まっとんか? それなら話は別や、別か? 別やろ。別やで

しかしやとしてどないして確かめる

息の根が止まってんのか止まってへんのか、え? どないして確かめる。確かめようはあんのか。え?

「長田」

「長田!」

何や

「長田!!」

何

「何ちゃうわい、おのれ、まさしのツレとゲーセンおったらしいのぉ！」

「何が」

「何が？」

「何があかんのん」

「敵やろがい!!」

「誰が」

「まさしや！」

「まさしは敵やけどまさしのツレは敵ちゃうやん！」

「敵のツレは敵じゃ!!」

「えーーーー」

「何が、えーーー、じゃ」

「そんないうたらみんな敵になるやん」

「何でやねん！」

「たいがい誰とでも昔は親戚やで?」

「あ?」

「だってそうやん! 元々は二人やん、それが増えとんやん! ほんならみんな親戚やん!! ていうことはみんなまさしの親戚やん!! 俺もそうやんお前もそうやん!! ほんなら誰とももゲーセン行かれへんやん!!! 俺は俺ともゲーセン行かれへんやん!!!」

「何の話じゃ」

今何か過《よぎ》ったな

「ここさわらしてぇな」

「いやや」

「何でや」

「人が見る」

「見てたてかまへんがな」

「いや」

「ええやん」

「いやや、いうとんねん!」

「大きな声出すなや」

「ほなさわるな」

「さわるけど声出さへんかったらええんちゃうん」

「ええ加減にしときやこのど変態」

「誰がど変態じゃ」

「お前がじゃ！」

「だから声大きいて」

またや

「今何いいましたん？」

「はいですからね、ご主人」

「もうあかんて言うたな」

「はい」

「もうあかん？　何が」

「奥さん、手の施しようがもうないんです。すいません」

「ほーか」

「すいません」

「え」

「は」

「あんたが謝るのはおかしいやろ。誰がやってもあかんねやろ」

「すいません」

「だから謝んなや。誰がやってもあかんねやろ」

「たぶん」

「たぶん？」

「はい」

「たぶんて何や」

「え」

「今おのれたぶんぬかしたやろ」

「は」

「ほなお前ちゃうかったらまだどないかなんのか」

「いやいや、もうそれは」

「今おのれたぶんてぬかしたやろがい！　たぶんいうのはそういう事やろがい‼　別の医者に見せたらまだどないかなるいう事とも取れるやろがい‼　どないやねん‼」

ほらまたや

たまに過る。誰が誰にしゃべっとんかは知らん。知らんが過る。過ると聞くんや。おもろいやろ。アホで

「あれ海かな」

「池や」

「でもあれはさすがに海やろ」

「川や」


「ウェットティッシュ取って」

「自分で取りぃな」

「お前のが近いやろがい」

「あんたはほんま立ってるもんは親でも使うな」

「二個間違えてる。まずお前親ちゃう。それに、立ってもない」

「俺な、神永のな、おとんをな、殺してバラバラにする夢見てん。殺したんは神永やったかな、俺やったかな、おぼえてない。でもバラバラにしたんは二人でや」

「ずる」

「何が」

「何で俺呼ばへんねん」

「知らんやん。夢やん」

「夢でも呼べや！」

女が歩いてる。ケツだけを見てる
おっさんの肩がぶつかる。睨んできたから睨み返す
パチンコ台がうるさい最近、と思てる
玄関の脇の新聞のかたまり
雲ひとつない空
雨や
流れ星が目のはしをかすめた

ああ、暗い暗い暗い暗い。せめて明るけりゃなぁ

「長田」

何や

「長田！」

うるさいなぁ、だから何やねん

「長田！　聞こえてるか!!」

聞こえてるがな

「聞こえてるなら手ぇでも動かせや!!　おい!!!」

うるさーーーーーい!!!

「三上もおんねん!!」

何？

「三上も来たい言うから連れて来とんねん!!」

何て？

「powednewiruhpiw4f2gow いしひ ejfl666kncklぅnc:q よあやさん lmkm:k:knkjn!!!!!」

あかん。うるさすぎて聞き取れへん。耳のはたでもの言いなや。はなれてゆっくりしゃべってくれ。頼むわ

たのむわ

ついたり消えたりしてたんねんな。何がかは知らんがな。何がかはわからんでも、ついたり消えたりしとんはわかる

ついた

消えた

船や。船が出て行く。わしはこれどっから見てるんや。上からか。船が出てきた港のある島は小さな島や。子どもが柵からからだ乗り出して港の方へ顔を向けてる。男の子や

わしやあれ

何見てんねんアホみたいな顔して。隣におるちょっとだけ大きい男の子は兄貴やなあれ。おとんやおかんはどこや。中か。船のや

「落ちるぞ」

「落ちひん」

「落ちたら死ぬぞ」

「泳ぐわい」

港におばんが立ってる。ああそうか。おばんとこ行った帰りか。何とかいう島や。何やったかなぁ、おばんの家のある、おとんの育った
「……島」

「え」

「……島や！」

「え」

ああ、そうやそうや、おかん死んで、あれして、おばんとこわしと兄貴は預けられて、しばらく島に住んであれしてたら、山が、島の、爆発するぞ言うて、噴火するぞ言うて、ここおったらあかん言うて、そうやそうや
「噴火するかなぁ」

「知らん」

「おばあちゃん大丈夫かなぁ」

「大丈夫やろ」

「何でわかるん」

「コンクリの屋根のあるとこ逃げるから」

「逃げるまでにマグマでやられたらどうするん」

「うっさいなぁ」

「死ぬやん」

「死なへんのじゃ！」

「わからんやん」

「いつまで寝とんねん」
え
「おい」
何や
「起きぃや」

ぼくは目をさました。天井に水着の女がいた。写真だ。ポスターだ。ぼくはこんなものを貼ったおぼえはない。ここはどこだろう。

「おい」

声の方を見ると三上がいた。

「おはよう」

ぼくが言った。

「飯や言うてる」

「え」

「おかんが飯作って、飯や言うてるいうとんねん」

「俺朝食わへん」

「おかんがせっかく作っとんねんから食えや！」

「そうやな」

「そうじゃボケ」

三上は出て行った。

そのときようやくぼくの横にもう一人いることにぼくは気がついた。そいつは寝ていた。ぼくはそいつをとてもよく知っている。何度も一緒に遊んでいる。昨日も確かゲームセンターにこいつといた。確か神永の親父を夢でバラバラにしたとぼくに話したのはこいつだ。なのにどうしても名前が思い出せない。そいつは目がはれていた。まさしに殴られたのだ。その事はよく知っている。色がきれいだ。青や赤や紫や黄色がうずまいている。とても痛そうだ。しかしぼくの目じゃないからぼくは痛くない。

こいつ誰やっけ

「はよ来いや！」

下から三上の声がした。ここは二階だ。

ぼくは隣で寝ているよく知る、だけど名前のわからない子のからだに手を当てて、ゆすった。その子はすぐに目をさました。そして

「聞いてた」

と言い、出て行った。

誰やっけ。こいつの名前何やったっけ。ここまで出てきてる。のどや

下へおりると三上と、その子とが目玉焼きとパンを食べてて、ぼくの分も用意されてて、だからぼくも座って三人で食べた。三上のお母さんはいない。

「パートや」

食べ終わるまで誰も何にもしゃべらんかった。それでも音が鳴ってる。テレビだ。テレビや。テレビがついてる。テレビでおっさんがしゃべってる。隣に女がおる。きれいけど歳とりすぎや。歳とりすぎやけどおばはんいうほどではない。

「なぁ」

ぼくだ。

「こいつでヘンズリこげる?」

二人がテレビの女を見る。

「こげる」

二人が声を合わせて言う。ぼくも大丈夫だ。

「俺、傘でもした」

三上が言った。

「隣の家のねーちゃんの傘」

「どれ」

三上が玄関から赤い傘を持って来た。

「どないしたん」

「パクった」

「見せて」

取っ手の細い、いかにも女物の傘だ。確かにこれならいける。

「やらへんぞ」

三上が言った。

「おい!!」
うるさ。またや
「おーーーーい!!!」
もうええって

「おーーーーーーーい!!!!」

ぼくは目を開けた。誰かいた。背中しか見えない。

「誰」

ぼくが言った。

「あ?」

背中が言って振り向いた。

「神永やん」

神永だった。

「なんで自分ここおるん」

ぼくは神永にそう言った。

「は?」

神永はまたぼくに背中を向けた。

神永は焚《た》き火に火をつけるところだった。小さな火はもうついていた。だからぼんやりと神永が逆光の中に見えていた。

「あれ?」

後ろから見る神永の背中がとても大きい事にぼくは気がついた。というか、ものすごく大きい。

「神永」

「あ」

「自分、大きなってない？」

神永の顔だけがこっちを向いた。顔はしかしよく見えない。だけど大人だ。神永、大人のおっさんや。さっきはわからんかった。何でやろ。

「神永どないしたん」

「何が」

「おっさんなってるで」

すると神永はこう言った。

「お前もおじんやないかい」

おじん？

「ああ」

神永が笑った。

「うそや」

「うそちゃうがな」

どこが？

「どこがて全体的に」

ホー、ホー、ホー、ホー、ホー

何かが鳴いた。何や。

「フクロウやんけ」

「ふくろう?」

「ここどこ」

大きな火がついた。神永がはっきりと見えてきた。顔もよく見えた。神永、やっぱりおっさんなってるやん! だけど、顔はそれでもちゃんと神永だ。何人かおっさんを並べられてどれが神永だ? と聞かれてもわかる。すぐにわかる。

「そうか?」

「うん」

「お前は」

神永が少し笑いながら

「だいぶん変化してるなぁ」

と言った。

ぼくは自分のからだを見下ろしてみた。茶色いっぽい服が目に入った。え、何この服。

ホー、ホー、ホー

おじんやん。おじんとかが着るやつやん。それにそれよりもこの手。何これ何この手!!　それはしわくちゃで、骨の上に薄い皮がのっているだけだ。

「うそやん」

「何が」

「これ」

とぼくは神永に手を向ける。

「うそて何やねん」

「いつの間に」

「いつまでも中二や思とったら大間違いやど」

そりゃそうや。そりゃそうやけど、これはない。これはひどすぎる。こんなもん、晩寝て朝起きたら、ていうか、浦島太郎やん。箱開けて、煙が出たら、はいおじいさん、みたいな
「はこ」

「え」

神永はたばこを吸っている。

「何箱やったっけ」

「何」

「浦島太郎の」

「玉手箱」

ああそうや。玉手箱。玉手箱？　玉手？

「玉手て何」

「え」

「玉手箱の玉手て何」

「知らんがな」

「たばこちょーだい」

ぼくは神永からたばこをもらい火をつけてもらう。

突然真っ暗になる

明るくなる

人間が二つ前にいる。二人はこちらを見ている。

「おす」

どちらかが言う。誰に言っているのかわからない。

「おす」

また言った。さっきのとは別のが言ったのかもしれない。だけどわたしにはどちらも同じだから同じだ。

二人の前に誰かいるらしい。

わしか

二人の後ろは白い。壁、かもしれない。その白い中に白い人間がいる。しかしぼやけている。なんとなく見える。その人間の顔の中にも白いものがのぞいている。それはよく見えている。歯だ。白い人間は白い歯を見せている。

わたしは何か人間ではない生きもの、あれは何といっただろう。人間について歩く四つ足の、首にいつも紐をまかれて、犬だ。犬と言ったはずだ確か。その犬の白い歯を、キバを、目の前で見た、それはとがっていた、白いとわたしは言ったが、少し黄色も、そうだ黄色だ、目の前に立つ一人の着ている服の色を黄色と言った。


「ああそうや！　黄色や！」

「しゃべれるんかこいつ」

「しゃべったがな今」

「もっぺん何か言うてみぃ」

「き、い、ろ」

キバはわたしに刺さった、どこにだったか、わたしから少し離れた、いやあれは、わたしを抱えた、女のわたしだった。キバが刺さったのは、わたしを抱えたわたしだった。

おかあちゃん

「え?」

おかあちゃん

「おかあちゃんてぬかしやがった」

その生きものが見てきたのは一つの生きものではなく、二つの生きものだった。一つは大きく、一つは小さい。小さいものも大きなものも、大きな音をこちらに向けていた。音の違いはわかった。二つの出す音はまったく違った。食べるのに適したものは小さい方だ。どちらだろうとその生きものは考えていない。においがして、音がして、目玉にその像をむすんだ瞬間にからだがそう判断した。生きものはとにかく早いところ何かしらを体内に取り込まないと、そう遠くないうちに動けなくなる。そのことがからだ全体からのサインとして生きものを動かしていた。唾液《だえき》が止まらない。からだ中の血液が駆《か》け巡っている。早いとこ飛びかかって食べなければ。しかしそうするにはあの大きいものが邪魔だ、小さいものを隠してこちらに向かって大きな声をあげている。強そうだが、恐怖も見てとれる。勝てるかもしれない。からだを大きく見せて、低く声を出す。キバを見せられるだけ見せて、大きなものが逃げてくれるのをしばらく待つ。しかし大きなものは逃げようとしない。仕方がない。大きなものへまずは飛びかかる。激しく何かでからだを叩かれた。痛くはない。目の前に生きものの皮膚が見えた。それに嚙《か》みつく。その瞬間、後ろから何かの気配がした。振り返る暇もなく、何かとてもかたいもので、かたいものに、衝突する、した。暗くなる。息はまだしている。しかしもう何も見えない。においはまだしている。たくさんの生きものの、人間の、においだ。またかたいもので、かたいものに衝突する。叩かれているらしい。痛みはない。においが消えて息が止まった。

暗い

やっぱり、壁、ではないなこれは。いやさっき言うた、わしの近くにあるのを感じる、壁としか言いようのないものの事を言うとるんやけどな。壁、いうのとはちゃうんや。もっとやらこい、やわらかい、肉的な、肉、肉？　あれ、これ、肉か。いや、あれ肉か

年寄りが横になってる

誰や

息は、してる。目は、薄目や。薄くあいてる。薄くあいたまぶたの奥の目の玉は、何やこれ、白い

「だからお前やて」

「え」

「そのおじん」

大人のおっさんのかたちをした神永がそう言う。

「あのおじんがわし？」

「ああ」

ぼくはもう一度自分の手を見てみる。両手を火にかざして。どっからどう見ても確かに老人の手だ。

「長生きしたいうこっちゃ」

「誰が」

「しつこいやっちゃな、お前がや」

ぼくが？　長生き？　いつ？

ホー、ホー、ホー

またフクロウが鳴いた。

フクロウの目はまん丸に開いて、火の近くにいるぼくたちを見ていた。しかし火があまりにも明るすぎて、フクロウは実は少しまぶしい。夜用に調節した瞳孔《どうこう》には火は明るすぎた。あの明るさに目を合わせてはいけない。暗い中を動くネズミを見落としてしまう。音を感知しても目がきかなければお腹を空かせたまま朝をむかえてしまう。朝をむかえてしまえば、明るくなってしまうとフクロウは動けない。

「昼も動きよるわい」

「え」

「心配せんでも」

「何が」

「フクロウ」

「うそやん」

「うそちゃうがな」

「フクロウ昼も動けんの⁉」

「普通の鳥かて晩飛ぶがな」

「え⁉」

「渡り鳥は夜でも飛ぶがな」

「鳥目ちゃうん⁉」

「ちゃう」

「鳥は！」

大きな声がぼくから出た。

「神永、鳥は晩でも目ぇが見えまっか！」

「ああ」

「ひえーーー！」

「大きな声」

神永が笑った。

「入れ歯飛ぶぞ」

「誰が入れ歯やねん」

「はずれかけとるがな」

「え⁈」

ぼくは自分の歯をさわる、というかさわりかけたとたんゴソッと上の歯の塊が手に落ちた。

「わ！」

まさか下も？　さわってみる。落ちた。下もだ。

「ふえー」

神永はもう笑っていない。ぼくはしみじみと上と下の歯の塊、ぼくの口の中にあったらしい入れ歯を見ている。そしてぼくは言う。

「これどえらいかんいがいをいたままししいになっれまっへ」

「歯ぁ入れてもっかい言うてくれ」

神永が言った。ぼくは歯を入れて、何だ、とてもスムーズに入った。こんな塊が。すごいものだ。

「こらどえらい勘違いをしたままわしはじじいになってまっせ」

「ほんまやな」

ぼくはしかしそんな事よりも入れ歯のスムーズさに驚いている。しかしやっぱりフクロウは昼でも動けて、普通の鳥も晩でも飛べるという事実にまだからだは興奮している。


　ほんまかいな!!


「ほんまかいな」

「え」

「今このガキがぬかしやがった、鳥は晩でも目が見えるて」

「言うてたな」

「言うてた。ほんまかいな」

「わし知らん」

「鳥目言うがな！」

「言うがな」

「わしずーっと鳥は晩、目ぇ見えへん思てた」

「うん」

「えらい損してるがな！」

ぼくたちは木の下に立ってその木を見上げている。木にはたくさんの葉っぱがあって、だからよく見えないけど、ものすごい数の小さな鳥たちがそこにいる。鳥たちは口々に鳴いている。


「何や」

「え」

「今のん誰の声」

神永はこたえない。

「今、ごっつい大きな声で誰かしゃべってたやん」

「しゃべってたな」

「誰」

神永はこたえない。


「おばちゃん」

「は」

「やねんて」

「は？」

「だから、鳥は晩でも目ぇ見えんねんて」

「はぁ」

「おばちゃんてお前誰に言うとんねん」

「や、この」

「おばちゃんはないやろ。この子、わしらの娘ぐらいやぞ」

「誰が」

「この子やがな。なぁ」

「ふふふ」

「え?!」

「あんたいくつ」

「五十ですけど」

「ほれ」

「え?!」

「何や」

「五十のおばはんが?　娘ぐらい?」

「そうやがな」

「ほなわしらいくつ?!」


「またや」

「うん」

「聞こえたやろ?」

「ん?」

「今、しゃべってた声」

「ああ」

「誰やろ」

神永は火を見ている。

こいつ、何にも考えてへん。ふふふ。知らんねん。わからへんねん。何でも知ってるような事、さっきからぬかしよるけど、鳥は晩でも目ぇ見えよるとか、びっくりするような事ぬかしよるけど、あこまではっきりと聞こえてる声が誰の声かも、このガキゃ知らんしわかってへん。わかってるような、何でも知ってるような顔さらして、火ぃとか見て、かっこつけてけつかるけど、困っとんねん、あれ誰？　てわしに聞かれて。ひひひ。カラはおっさんやけどまだまだやっぱり子どもやで

「ほんまやな」

神永が言った。

「まだわしガキやで」

「ひっひっひっ」

ぼくだ。

「お前らに比べたらまだションベンたれやで」

ぼくはまた笑った。

テレビは何かドラマにいつの間にか変わっていた。夜やってたやつの再放送だ。見ていた気もするけどはじめて見るものにしか見えない。出ている人はよく見る人たちだ。よく見る人たちはいろんなものに出ているから、それがどれかいつもわからなくなる、と父は言うけど、ぼくは父の言っている意味がよくわからない。全然違う。父は歌手も

同じに見えるといつも言う。ぼくはそれが信じられない。だって全然違う。年寄りになるとそうなるのか。

「長田」

「え」

「れーぞーこにサイダー入っとんねん取って」

三上が横になったまま言う。

「自分で取れや」

とぼくが言う。

「取ってーな」

と三上はまだ言う。

「取ってーな」

ともう一人も言う。

こいつ誰やったかなぁ

「サイダー取れや」

「取れやて誰にぬかしとんねん」

「誰にてお前じゃ」

「お前て誰にぬかしとんねん」

「お前や」

　誰やったかなぁ
「今何て」

「何が」

「こいつ誰やったかなぁ、て、今われ、言うた？」

　言うた
「まじか」

　そいつが言う。

「われ、わしの名前忘れたんか」

　気分を害したようだ。そりゃそうか。だけどぼくはどうしても思い出せない。思い出せないものを責められても仕方がない。

「そんなこと言うてないやろ」

焚き火の向こうから声がした。

「神永、誰かおる」

ぼくは神永を見る。すると神永は子どものかたちになっていて、それはぼくたちがよく、というかしょっちゅう一緒にいたときの神永のかたちで

「誰て、篠田やん」

と言った。

「しのだ」

焚き火の向こうにいるらしいその、しのだ、は何も言わない。

「しのだ」

ぼくはもう一度声に出して言う。

「しのだ」

思い出した

そうや。篠田や。しのやんや。神永と、三上と、ぼくと、そんで篠田がいっつも一緒におったんや。

「忘れんなや」

「ごめん」

「傷つくわ」

「ほんまごめん」

「何で忘れるん」

「何でやろ」

「それも俺だけ」

「ほんまやんな」

「何で」

「え」

「何で忘れるん」

しつこい。

「しつこいて何やねん」

「忘れたもんは忘れてん。思い出してんからもうええやん」

「長田」

「何」

「お前ほんまそういうとこあるよな」

「そういうとこて何」

「忘れたあかんこと忘れんねん!!」

誰かが笑った。神永じゃない。神永はぼくの隣で木の枝で火をつついている。まだ誰かいる。

「ボケとんねん」

そいつが言った。笑ったやつがだ。

「わしじゃ」

え。

「何や。わしのことも忘れとんかい」

火の向こうでそいつが立ち上がる。あ、こいつはおぼえている。三上だ。三上のことは忘れてない。さっきぼくにサイダーを取れと言ったやつだ。

「そこがわからんねん」

篠田が言った。

「何が」

「神永や三上のことはそないして普通におぼえてんのに、何でわしのことは忘れんねん」

「ごめん」

「わしそんなに薄いか？」

「ごめん」

「なぁ長田」

「ん」

「わしそんなに薄いか?」

すごいしつこい。他のを忘れてこいつのことだけでもおぼえとけば良かった。

「兄貴のことも忘れてるやん」

サイダーが言った。

「サイダーて誰やねんこら」

三上が言った。


あにき?


またややこしいことをこいつらは言うで。あにきて何やねん。あにきて兄貴のことか。

誰の。まさかわしの?　わしに兄貴?

あにき

ホー、ホー、ホー

「何や」

「フクロウ」

おっさんが横になってる。瘦せて、土気色で、死によるなこいつ。

「みず」

そいつが言う。

「え」

「み、ず」

わしが動いて、男の頭のとこに置いてある吸いのみを慣れた手つきで持ち上げて、吸い口を男の口のはしに持っていく。男はそれをくわえて、ものすごい弱い力でくわえて、ちょっとだけ水を吸う。

「もう、ええわ」

わしが吸いのみを元あったとこへ戻す。わしは座ってる。座ってじっと男の顔を見てる。

「ちょっと寝るわ」

男が言った。

「ああ」

わしから声が出た。

「にいちゃん」

わしから声がまた出た。

にいちゃん？


「にいちゃん」

この死にかけが？

にいちゃん

兄貴。これが？


「これ？」

とぼくは三人に顔を向ける。

「そうちゃうん」

三上が言う。

「にいちゃん言うてたやん自分」

ええと、名前また忘れた。

「篠田や」

そうや。

「われほんましばいたろか」

「わしちょっと、出てくるさかい、また後でな」

男は、兄貴は、目をつむって黙ったままだ。


「暗いん？」

「え」

「お前がおるとこ」

「うん。めっちゃ暗い」

ぼくたちは焚き火のまわりというか、焚き火の近くに四人で並んで座っている。

「音も聞こえへんねやろ」

「うん。聞こえへん」

三上が笑う。

「何がおかしいねん」

神永だ。

「おもろいやん」

「何が」

「うん暗い。うん聞こえへん」

「だってそうやねんもん」

「赤ちゃんか」

「赤ちゃんしゃべらんやろ」

　神永が言った。

「しゃべるぐらいの赤ちゃんのこと言うとんじゃボケ」

「しゃべるぐらいのやつを赤ちゃんて言うかい」

「言うやろがい！」

「言うかい」

　今のはぼくだ。

「ダボ」

　篠田は近くにあった小枝を拾って焚き火に投げた。

　火の音がする。たぶん火がついたマキのはぜる音だ。

　ホー、ホー、ホー

「自分ら、子どものかたちやなぁ」

　ぼくが言う。三人は何も言わない。

「俺だけおじんか」

三人は何も言わない、が、三上は下を向いて笑うのをこらえている。

「そうなん？」

三上は相変わらず笑うのをこらえている。神永がちらと三上を見る。

「これ、夢か何かか」

兄貴はぼくのいなくなった事がわかってない。横にいた事も忘れている。どこにいるのかもよくわからない。今がいつで、自分が誰かもわかってない。ぼくは病院の外で
「あつ」
とつぶやいた。セミがうるさい。しかしぼくからは汗が出ない。

兄貴はたたみのへりを見ていた。それは目の前にあった。声が頭の上から聞こえて、それは父さんや母さんなのだけど、兄貴にはまだそうとはわかってない。よく聞く音だとはわかっている。

ぐいっと持ち上げられる。

何かが顔に当たる。兄貴はそれが水という事をまだ知らない。それでもそれはとても気持ちがいい。

風が顔をなでる。

石を小さな手がさわる。それはとても冷たい。

大きな何かが上から見下ろしている。どこかから大きな音、声がする。それは犬で、声は母さんだ。

母さんの腹が大きい。

熱い砂の上に兄貴はいる。隣で赤ん坊が泣いている。兄貴は泣き止まそうといろいろお腹の上に砂をかけたりしてみるけど、赤ん坊は泣き止まない。母さんも父さんもなぜかいない。

赤ん坊が寝ている。その顔を兄貴はじっと見ている。

「赤ん坊はお前か」

神永だ。

「たぶん」

ぼくだ。


兄貴は船から落ちそうなぼくが心配でたまらない。こわくてたまらない。あまりに心配でこわいから自分が先に海に落ちてしまおうかと思う。島はどんどん遠くなっていく。ばあちゃんはもう見えない。

「大丈夫かなぁ」

ぼくがまた言う。兄貴はそれが嫌で仕方がない。兄貴にだって大丈夫かどうかなんてわからない。島の上の向こうに白く立ち上る噴煙が見える。


夕方、ぼくがグレープフルーツを三個持って、病院へ戻ると兄貴は死んでいた。


「ああ、そうか」

ぼくが言った。

「わし、死ぬんやな」

「知らん」

神永が言った。

「知らん」

三上が言った。

「知らん」

篠田が言った。

「そうか」

ぼくが言った。

「長田」

神永が言った。

「ほんまに知らんで」

「うんわかった」

「長田長田」

三上だ。

「ほんまやで」

「わかったって」

「長田」

し、の、だ、だ。

「ほんまにやで」

「何が」

「ほんまにそんなん知らんで」

「だからわかったって」

三人はぼくをじっと見ている。

「何」

「お前、何かそんな感じで話おさめようとしてるやろ」

「は」

「ぼくは死ぬんや、て」

三上だ。

「だってそうやろ」

「だから知らんて!!」

三人が同時に言った。


違うのか？


「違うかどうかは知らんけど」

「え」

「どっちにせよ、知らん」

篠田だ。

「ほなこれ何」

ぼくが言う。泣くつもりはないのに、ぼくは少し泣きかけている。
「ここどこ？　これ何？　何で俺こんなとこにおるん？　何でこんなとこで、暗いとこで、今は自分らおるけど、だから暗くもないけど、でも何でそんなとこで、こんとこやらにおって、変なこと過ったりしてるん⁇」
三人は何も言わない。ぼくはどんどん悲しくなってくる。

ここどこやねん！　今いつやねん！　わし誰やねん‼

「お前は長田や」
神永だ。

わしはながた

ながたと呼ばれている

呼ばれていた

わしがそう呼んだわけじゃない

「地球を、地球、て呼ぶようなもんか」

「何が」

「わしが長田て呼ばれて、神永が神永て呼ばれて、三上が三上て呼ばれて、ええと」

「篠田や。殺すぞ」

「篠田が篠田て呼ばれてるのは」

三人はしばらく黙って
「ちゃう」

と声をそろえた。

「そういう言い方するなら、人間、ちゃうか」

三上が言った。

「あ、そうか」

「そうやろ」

「そうやな」

「人間の長田やからな」

突然ぼくが吹き出した。三人がぼくを見る。

「人間の長田やて」

ぼくが言う。

人間の、長田

変なの

「高倉健死んだってよ」

「え」

ぼくはテレビをつけた。すぐに高倉健の顔が出てきた。よくこの顔を見た。何度も何度も見た。テレビでしゃべる男が高倉健が死んだと言っていた。ぼくの隣に誰か来た。女だ。しかしぼくはこの女をもうよくおぼえていない。

「高倉健でも死ぬねんなぁ」

ぼくは神永を思い出していた。思い出しているという自覚もなしに。


「これ誰」

「高倉健や」

「聞いたことある。昔の人やろ」

「昔の人ちゃうわい」

「生きとん」

「生きてるわ」

「かっこええやろ」

「やくざやん」

「俳優じゃ」

「好きなん?」

「うん」


テレビで高倉健が人間を斬っていた。ぼくはその映画らのどれかを、たぶんどれをも神永と見た。そのとき篠田や三上もいたはずだ。しかしぼくはそんな事をそのとき思い出したりはしていない。ただ黙ってテレビを見ていただけだ。

そのとき、ていつや

どのときや

画面にうつる高倉健は死んでいた。死んでいたけど画面で高倉健は人間を斬っていた。神永や三上や篠田と見たとき、高倉健が人間を斬るその映画を見ていたとき三上が「高倉健はもう誰も斬ってない」

と言った。

「もう？」

と篠田が言った。

「もうて何や」

と神永が言った。

「斬ってるやん、斬ってたやん、さっき」

ぼくが言った。

「だから今は斬ってないねん」

今は

「さっき斬ってたやん！　つい今さっきやん！」

神永が言った。

「今のは今ちゃうやん」

「今のは今ちゃうて何や」

「前やん」

「あ？」

「ブルース・リーかて死んでるやろ」

「こないだ見たやん」

「見たけどもう死んでるやろ」

「いつの話?」

「どの話が」

「なあ」

「何や」

「今ていつ」

「どの今や」

「え」

「どの今の事言うとんねん」

「何それ」

「どれ」

「これ?」

飽きた

もうやめよう

解説

町田康

気取った奴らと旅行に行き、気取ったスポットに行って気取った会話を交わすなどした後は、気取ったホテルのバーで気取ってカクテルを飲む、気取ったショップで買い物をするなどして存分に旅行を楽しみ、家に帰って暫くしたら、メンバーのひとり、気取った女が、旅行の記憶をもっと多くの方々とshareしましょう、と書いたメールを送ってきて、その末尾にはそのshare場所の住所が付記してあった。場所といってもちろん実際の土地ではなく、インターネット上の空間である。

これを読んで私がどう思ったか、と言うと、「なにがshareじゃ、ぼけ」と思った。「英語で言うな、ダボ」とも思った。なので、素晴らしい気取った旅行の記憶をshareしないでそのまま細かいことを忘れてしまったので、その後、どんな感じでshareされたかわからないのだけれども、なぜ私が、ぼけ、また、ダボ、などと思ったのかというと、そのshareという言い草に疑念を覚えたからである。

share する、とはどういうことか。この場合は、分け合う、ということである。素晴らしかった旅行の記憶を自分たちだけで持っているのではなく、行かなかった人とともに分かち合おう、というのである。

けれどもそんなことが本当にできるのだろうか。例えば、特上天丼とかを食べていて、その瞬間、隣で並天丼を食べている人がいた、なんて場合であれば或いはそれも可能であろう。

「なんだ、君は。並天丼を食しているのか。儂は特上天丼だ。まるで貧困と格差のボレロだな。そんなら儂の特上天丼を share しましょうよ。海老を二本、取り給え」

と、そうすれば二人は天丼を share したことになる。けれども、それぞれの天丼を食べ終わり、家に帰った後に天丼の share をする、すなわち、特上天丼を食したる人が、素晴らしかった拙者の極上の天丼を share しませう！　など言いＳＮＳとかに掲出して、それで share できたことになるのか、というとやはりそれはならなくて、はっきり言うと、「それって単なる自慢……」ということになるし、隣で並天丼を食べていた身としては、「なにが share じゃ、ぼけ」「殺してまうど」となるのはごく自然な成り行きであるように思われる。

つまり、なにが言いたいかというと、人間というものは現物があればこれを分け合うこともできなくはないが、時間を経た記憶や体験はこれを、現物を分け合うかのように共有する、乃《すなわ》ち、本当に実際に具体的に共有するのは、不可能であると私は考えていた。

だから、「なにがshareじゃボケ」と思ったし、「英語で言うたらごまかせると思うなよダボ」と思った訳だが、考えていた、と過去形で言ったのは、本書、『鳥の会議』を読んだ、読んでしまったからである。

というのは、読んだ人はわかると思うが、この本の語り手である篠田は間違いなく、時間を経た記憶や体験を、というのは過去に限らずこれからのことも含んで、確実に仲間である三上や神永や長田と共有している、分け合ってもっているからである。

したがって篠田の視点は篠田に限定されない。なんとなれば、篠田は例えば神永と一緒に居なくても神永の記憶や体験を夢のように共有しているので、神永から見た自分というものを語りの中に含んでいるし、その中には長田から見た神永も含まれるからである。

それは自分がその場にいてもそうだし、いなかったとしてもそうだし、そのうえ、時間は永遠に、いま、としてそれぞれの人生の時間をその都度、断ち切って、回想する者とされる者が同じ場所に現れて、関係を持つなどする。

というとまるでSFのようだが、もちろんこの小説はそうした分野の小説ではなく、読者の魂に素手で触れてくるような小説である。

なぜそんなことができるのか、というと。それを言ってしまおう。それは分かち合われる記憶や体験が自慢すべきものではなく悲しむべきもの、というよりも悲しみそのものであるから、と思われる。

小説の中で、仲間が窮地に陥ったとき、彼らは絶対に仲間を見捨てない。理非曲直とは無関係に仲間を守ろうとする。というと反射的に私たちは、立派な態度、または規範、或いは血盟なんてな言葉を思い浮かべてしまうが、彼らの行動はそうした社会的なものではなく、見捨てた瞬間、自分も直ちに滅びるようなそんな関係である。

というのは例えば、地上では別々に茎が伸び、葉が茂っているが地下では根がつながっていて、他が枯れれば自分も枯れる、というのと似た感じで悲しみを分かち合っている、と言える。

と言ってしかし、悲しみ、というのも便利な言葉で、悲しみの共有なんていうとまた妙な社会性、ラクショーな叙情性を帯びるが、それはこっちが勝手に悲しみと呼んでいるだけで、当人はそれを悲しみなどとは思っていない、というか、そういう自身の感情の動きに興味なく、ただ電気的に反応しているだけ、みたいなことのように思える。

もしそれに悲しみと名前がつけることができたら、それはそもそも、ＳＮＳに書いて発信できる自慢、または主張のようなもので、そこにどうしようもなくあって共有される感情、というか事態・事象とは別のものであろう。

じゃあなんと呼べばよいのか、というとまあいまのところ言葉がなく、がためにこの小説が書かれ、私たちの心がかくも騒がしく動揺しているのだけれども、手がかりとして言えることは神永、篠田という子供のすさまじい境遇・境涯で、小説に描かれる彼らの住まいや家庭環境はきわめて悪い。

よって学力も低く、闘諍を好み、その日常は無理解と暴力に常に曝されている。そして何度も言って申し訳ないが彼らは独自のやり方で互いの深い理解を得ているので(根底で魂がつながってしまっているので)、社会に理解されようと思っていないし、暴力を悪だとも思っていない。そしてそれはおそらく悲しみではない。これを憐れんで悲しみととればおそらくこの小説はわからないだろう。

そしてその壮絶な感じに手がかりがあるというのは。

もちろん暴力がある以上、暴力を行使する相手がいる。それは教師であったり、敵対するグループであったり、子であったり更に親であるなどする。このなかで例えば、敵対するグループに注目すると、読者は当然、篠田たちに好意的であるから、こいつらを悪い奴と考えがちだし、実際に暴力団の末端の構成員である兄を連れてきて威嚇するなどして悪い。その暴力団員の兄を含む数名に呼び出された篠田は世の中に通用しない論理にしたがってひとりで、というのは神永らに救援を要請しないで、公園に赴き、どつき回される。

このとき敵対するグループのメンバーは終始、威嚇的だが、彼らが連れてきた、これも威嚇用なのだろうが、シェパードは篠田の顔を見て尻尾を振る。犬が尻尾を振るということは融和的ということで、このシェパードの眼差しが魂の根である。或いは。

誰かが誰かを殴りたいと思う夜、殴りたいと思うその気持ちが悲しみの本然であり、その気持ちが爆発したとしても、もはやどっちがどっちを殴ったということは関係がないのである。敵対グループのメンバーの兄のさらに姉であるマリは後年、神永と結婚することになる。シェパードは笑う。悲しみに由来する暴力にはこうした奇妙な優しさが漂っている。これはどこからでもたどることができる。優しさの中には暴力が漂い、暴力の中に悲しみが漂っているということも、悲しみのなかを漂う優しさには暴力の気配が立ちこめるということもできるのである。篠田がどの地点からも人生を漂うように。

この小説のカギ括弧のなかの科白は特筆すべき稀有なもので、この大阪の言葉がどれくらい広い地域で語られるものかはわからないけれど、こういう言葉を使うという点に、誰にでも通じる言葉の嘘くささ、普遍的な考え方、というより普遍的と称して恥じぬ言葉屋に対する作者の態度、意気込みを感じる。随所がキュートで私は魂が振れたが、例えば、「ちょっと来てみなさい、さあ急いで」ほどの意味の、「来てん来てん」という言葉には、うくく、となった。
この小説について話せ、と言われれば私は六時間も話すことができるだろう。しかしそれとて六時間で話は終わる。けれどもここに書かれているような魂の言葉で話せばどうだろうか。一生かかったとしても話を終えることができず、その後は霊として空から語ることになるのではないだろうか。篠田、或いは、山下澄人のように。

（小説家）

＊本書は二〇一五年七月、小社より単行本として刊行されました。
初出／「鳥の会議」……「文藝」二〇一五年春号
「鳥のらくご」……「文藝」二〇一五年秋号

鳥《とり》の会議《かいぎ》

二〇一七年 三 月二〇日 初版印刷
二〇一七年 三 月三〇日 初版発行

著 者 山下澄人《やましたすみと》
発行者 小野寺優
発行所 株式会社河出書房新社
〒一五一-〇〇五一
東京都渋谷区千駄ヶ谷二-三二-二
電話〇三-三四〇四-八六一一(編集)
〇三-三四〇四-一二〇一(営業)
http://www.kawade.co.jp/

ロゴ・表紙デザイン 粟津潔
本文フォーマット 佐々木暁
本文組版 KAWADE DTP WORKS
印刷・製本 中央精版印刷株式会社

Printed in Japan ISBN978-4-309-41522-2

カンバセイション・ピース

保坂和志　41422-5

この家では、時間や記憶が、ざわめく——小説家の私が妻と三匹の猫と住みはじめた築五十年の世田谷の家。壮大な「命」交響の曲（シンフォニー）が奏でる、日本文学の傑作にして著者代表作。

カフカ式練習帳

保坂和志　41378-5

友人、猫やカラス、家、夢、記憶、文章の欠片……日常の中、唐突に訪れる小説の断片たち。ページを開くと、目の前に小説が溢れ出す！　断片か長篇か？　保坂和志によって奏でられる小説の即興演奏。

言葉の外へ

保坂和志　41189-7

私たちの身体に刻印される保坂和志の思考——「何も形がなかった小説のために、何をイメージしてそれをどう始めればいいのかを考えていた」時期に生まれた、散文たち。圧巻の「文庫版まえがき」収録。

アウトブリード

保坂和志　40693-0

小説とは何か？　生と死は何か？　世界とは何か？　論理ではなく、直観で切りひらく清新な思考の軌跡。真摯な問いかけによって、若い表現者の圧倒的な支持を集めた、読者に勇気を与えるエッセイ集。

世紀の発見

磯﨑憲一郎　41151-4

幼少の頃に見た対岸を走る「黒くて巨大な機関車」、「マグロのような大きさの鯉」、そしてある日を境に消えてしまった友人A——芥川賞＆ドゥマゴ文学賞作家が小説に内在する無限の可能性を示した傑作！

肝心の子供／眼と太陽

磯﨑憲一郎　41066-1

人間ブッダから始まる三世代を描いた衝撃のデビュー作「肝心の子供」と、芥川賞候補作「眼と太陽」に加え、保坂和志氏との対談を収録。芥川賞作家・磯﨑憲一郎の誕生の瞬間がこの一冊に！

ビリジアン

柴崎友香　41464-5

突然空が黄色くなった十一歳の日、爆竹を鳴らし続ける十四歳の日……十歳から十九歳の日々を、自由に時を往き来しながら描く、不思議な魅力に満ちた、芥川賞作家の代表作。有栖川有栖氏、柴田元幸氏絶賛！

寝ても覚めても

柴崎友香　41293-1

あの人にそっくりだから恋に落ちたのか？　恋に落ちたからそっくりに見えるのか？　消えた恋人。生き写しの男との恋。そして再会。朝子のめくるめく10年の恋を描いた、話題の野間文芸新人賞受賞作！

きょうのできごと

柴崎友香　40711-1

この小さな惑星で、あなたはきょう、誰を想っていますか……。京都の夜に集まった男女が、ある一日に経験した、いくつかの小さな物語。行定勲監督による映画原作、ベストセラー!!

学校の青空

角田光代　40579-7

中学に上がって最初に夢中になったのはカンダをいじめることだった――退屈な日常とおきまりの未来の間で過熱してゆく少女たち。女の子たちの様々なスクール・デイズを描く各紙誌絶賛の話題作！

東京ゲスト・ハウス

角田光代　40760-9

半年のアジア放浪から帰った僕は、あてもなく、旅で知り合った女性の一軒家に間借りする。そこはまるで旅の続きのゲスト・ハウスのような場所だった。旅の終わりを探す、直木賞作家の青春小説。

ぼくとネモ号と彼女たち

角田光代　40780-7

中古で買った愛車「ネモ号」に乗って、当てもなく道を走るぼく。とりあえず、遠くへ行きたい。行き先は、乗せた女しだい――直木賞作家による青春ロード・ノベル。

黒冷水

羽田圭介　40765-4

兄の部屋を偏執的にアサる弟と、執拗に監視・報復する兄。出口を失い暴走する憎悪の「黒冷水」。兄弟間の果てしない確執に終わりはあるのか？当時史上最年少十七歳・第四十回文藝賞受賞作！

隠し事

羽田圭介　41437-9

すべての女は男の携帯を見ている。男は…女の携帯を覗いてはいけない！盗み見から生まれた小さな疑いが、さらなる疑いを呼んで行く。話題の芥川賞作家による、家庭内ストーキング小説。

走ル

羽田圭介　41047-0

授業をさぼってなんとなく自転車で北へ走りはじめ、福島、山形、秋田、青森へ……友人や学校、つきあい始めた彼女にも伝えそびれたまま旅は続く。二十一世紀日本版『オン・ザ・ロード』と激賞された話題作！

不思議の国の男子

羽田圭介　41074-6

年上の彼女を追いかけて、おれは恋の穴に落っこちた……高一の遠藤と高三の彼女のゆがんだＳＳ関係の行方は？　恋もギターもＳＥＸも、ぜーんぶ“エアー”な男子の純愛を描く、各紙誌絶賛の青春小説！

野ブタ。をプロデュース

白岩玄　40927-6

舞台は教室。プロデューサーは俺。イジメられっ子は、人気者になれるのか?!　テレビドラマでも話題になった、あの学校青春小説を文庫化。六十八万部の大ベストセラーの第四十一回文藝賞受賞作。

空に唄う

白岩玄　41157-6

通夜の最中、新米の坊主の前に現れた、死んだはずの女子大生。自分の目にしか見えない彼女を放っておけない彼は、寺での同居を提案する。だがやがて、彼女に心惹かれて……若き僧侶の成長を描く感動作。

ダウンタウン
小路幸也 41134-7

大人になるってことを、僕はこの喫茶店で学んだんだ……七十年代後半、高校生の僕と年上の女性ばかりが集う小さな喫茶店「ぶろっく」で繰り広げられた、「未来」という言葉が素直に信じられた時代の物語。

キシャツー
小路幸也 41302-0

うちらは、電車通学のことを、キシャツー、って言う。部活に通う夏休み、車窓から、海辺の真っ赤なテントにいる謎の男子を見つけて……微炭酸のようにじんわり染み渡る、それぞれの成長物語。

スイッチを押すとき 他一篇
山田悠介 41434-8

政府が立ち上げた青少年自殺抑制プロジェクト。実験と称し自殺に追い込まれる子供たちを監視員の洋平は救えるのか。逃亡の果てに意外な真実が明らかになる。その他ホラー短篇「魔子」も文庫初収録。

そこのみにて光輝く
佐藤泰志 41073-9

にがさと痛みの彼方に生の輝きをみつめつづけながら生き急いだ作家・佐藤泰志がのこした唯一の長篇小説にして代表作。青春の夢と残酷を結晶させた伝説的名作が二十年をへて甦る。

きみの鳥はうたえる
佐藤泰志 41079-1

世界に押しつぶされないために真摯に生きる若者たちを描く青春小説の名作。新たな読者の支持によって復活した作家・佐藤泰志の本格的な文壇デビュー作であり、芥川賞の候補となった初期の代表作。

大きなハードルと小さなハードル
佐藤泰志 41084-5

生と精神の危機をひたむきに乗り越えようとする表題作はじめ八十年代に書き継がれた「秀雄もの」と呼ばれる私小説的連作を中心に編まれた没後の作品集。作家・佐藤泰志の核心と魅力をあざやかにしめす。

ブラザー・サン　シスター・ムーン

恩田陸　41150-7

本と映画と音楽……それさえあれば幸せだった奇蹟のような時間。「大学」という特別な空間を初めて著者が描いた、青春小説決定版！　単行本未収録・本編のスピンオフ「糾える縄のごとく」＆特別対談収録。

ハル、ハル、ハル

古川日出男　41030-2

「この物語は全ての物語の続篇だ」——暴走する世界、疾走する少年と少女。三人のハルよ、世界を乗っ取れ！　乱暴で純粋な人間たちの圧倒的な“いま”を描き、話題沸騰となった著者代表作。成海璃子推薦！

人のセックスを笑うな

山崎ナオコーラ　40814-9

十九歳のオレと三十九歳のユリ。恋とも愛ともつかぬいとしさが、オレを駆り立てた——「思わず嫉妬したくなる程の才能」と選考委員に絶賛された、せつなさ百パーセントの恋愛小説。第四十一回文藝賞受賞作。映画化。

浮世でランチ

山崎ナオコーラ　40976-4

私と犬井は中学二年生。学校という世界に慣れない二人は、早く二十五歳の大人になりたいと願う。そして十一年後、私はＯＬになるのだが？　十四歳の私と二十五歳の私の“今”を鮮やかに描く、文藝賞受賞第一作。

青春デンデケデケデケ

芦原すなお　40352-6

一九六五年の夏休み、ラジオから流れるベンチャーズのギターがぼくを変えた。“やーっぱりロックでなけらいかん”——誰もが通過する青春の輝かしい季節を描いた痛快小説。文藝賞・直木賞受賞。映画化原作。

十九歳の地図

中上健次　41340-2

「俺は何者でもない、何者かになろうとしているのだ」——東京で生活する少年の拠り所なき鬱屈を瑞々しい筆致で捉えたデビュー作。全ての十九歳に捧ぐ青春小説の金字塔。解説／古川日出男・高澤秀次。

著訳者名の後の数字はISBNコードです。頭に「978-4-309」を付け、お近くの書店にてご注文下さい。